MAKSIM

THE HOLLYWOOD CONUNDRUM

OR GUARDIAN OF TREASURE

HERTFORDSHIRE PRESS

Published in United Kingdom
Hertfordshire Press Ltd © 2015

9 Cherry Bank, Chapel Street
Hemel Hempstead, Herts.
HP2 5DE, United Kingdom

e-mail: publisher@hertfordshirepress.com
www.hertfordshirepress.com

THE HOLLYWOOD CONUNDRUM
OR GUARDIAN OF TREASURE

by Maksim Korsakov ©
English - Russian

Edited by David Parry
Design by Aleksandra Vlasova
Project manager Anna Lari

---

*British Library Catalogue in Publication Data
A catalogue record for this book is available from the British Library
Library of Congress in Publication Data
A catalogue record for this book has been requested*

ISBN 978-1-910886-14-4

The author wishes to express his gratitude to US national Henry P. Bubel, cousin and lawyer at Patterson Belknap Webb & Tyler LLP, for all his support.

A BIOGRAPHICAL FOREWORD

THE FAMILY SAGA
OF MIKHAIL BUBEL
THE GORBACHEV FACTOR
OR A SHAM MARRIAGE

MAKSIM KORSAKOV & VILENA FLEMING

Earth could not answer; northen Sea sthatmourn
Inflowing Purple, oftheir Lord for lorn;
Norrolling Heaven, with all his Signs reveal'd
And hidden by the sleeve of Nightand Morn.

Omar Khayyam

Steadily, assuredly, the train picked up speed. Mikhail Bubel, a man of thirty-four, stood in the narrow corridor outside his compartment, and looked out of the window. The landscape of Kyrgyzstan, so dear to his heart, receded into the distance. At the same time as the rhythmical clattering of wheels on the tracks lulled him to a state of contemplation.

"That's it then... we're divorced... what a good thing we managed to part in a civilised manner: no recriminatory claims, no bitterness, no smashing of plates or mercantile splitting up of assets!"

Mikhail left all his property to his former wife and son. Taking a single suitcase with him. He was now heading to Simferopol. Only one thought troubled him: his son Artur had remaining behind.

That night, Mikhail had trouble falling asleep: recollections flooded his mind, and with them, long-unanswered questions.

...The incident in question was from Mikhail's distant childhood. Late one evening, little Misha woke up feeling a strong thirst in his throat. Without switching on the light, he made his way into the kitchen, where he suddenly heard a couple of subdued voices drifting in from the summer veranda. It was both frightening and compelling simultaneously. The door was ajar. He crept up to it and caught sight of his parents, who were in the midst of discussing something in hushed tones. "Your brother cannot come and see us", his mother could be heard saying. Her voice, occasionally faltering: betraying her anxiety. "You well know what could happen to us!"

Misha's father responded with a brief answer, but the boy could not clearly make out his words. His mother then continued speaking, but it was the fear pervading her voice, which transmitted itself to Misha.

She was standing her ground. "Yakov, you are a communist, the director of a factory, and you specified on the form that you don't have any relatives living abroad! If the regional committee finds out, there will be no escaping the catastrophe awaiting us. If you're not thinking of yourself, at least think about me, about the children!"

The thought that a catastrophe could befall the family home provoked the boy into dissolving with tears, whispering, "Mum, Dad, I don't want there to be a catastrophe, I'm scared!" Little by little, however, Misha pieced together the situation. His father's brother, living in America, had asked for permission to visit them. Why this would be a problem, and what type of catastrophe it would lead to, Misha did not understand. What was so bad about a brother visiting a brother? What was so wrong with this world that a meeting of relatives could incur a catastrophe?

Misha woke up the next morning, not understanding how he had got back to his room. He had probably fallen asleep by the door, and his parents carried him back into bed. "Of course they realised I was snooping", the boy thought. "I'll have to come up with some story."

Incredibly, his parents did not reproach him. Moreover, his father was the first to speak:

"My boy, you heard everything…"

Upon hearing these words, Misha's face turned a deep shade of red. His father, however, did not notice, and continued:

"You have a right to know the truth. We have not always lived in Central Asia. Many years ago, before the revolution, our family lived in a shtetl called Satanov, on the Zbruch River. It lay at the intersection of the Austro-Hungarian and Russian empires.

"Solomon, my father was a tanner and renowned throughout the region for his trade. It was a large family: one daughter and six sons. However, in the days leading up to the revolution, life there grew uneasy. Hence, my father decided to send his older sons to America. He gave my three older brothers some money for the journey, and they departed for New York. They travelled across the breadth of Europe to the French port of Marseille. From there, they took a ship to the city that epitomises every migrant's aspirations. We took your brothers as far as the border. From that moment, we never saw each other again."

"Dad, does that mean you will be giving your brother an entry permit, so he can visit us?" The tone of the boy's voice almost made it sound as though he were laying down a challenge. "I want to meet my relatives."

"No, my boy. A lot of bad things could happen to our family", his father answered, softly, but adamantly. "It's better this way."

Tears began forming in Misha's eyes. He was not yet old enough to understand why it was better this way...

His father would subsequently tell Misha a great deal about his childhood, and about the start of the First World War. How he had been witness to the first few hours of that historical drama in 1914, when the Austro-Hungarian cavalry appeared before his eyes as it crossed the Zbruch River by Satanov.

Throughout that long journey, his father's recollections of childhood suddenly and vividly surfaced in Mikhail's memory. The arduous life of a tanner, and the unending hardship endured by such a large family summoned questions into his mind. Had fate looked kindly upon those three elder brothers, who fled their homeland in search of a more benevolent terrain beyond the ocean?

How did life turn out in that far corner of the world? What became of them after landing upon American soil without a penny to their name?

Had they established a business dynasty to rival that of the Rockefellers, or joined the vast ranks of the country's unemployed?

Telegraph poles and unvarying copses swept past the window of the carriage. In an attempt to stem the deluge of thoughts, Mikhail tried counting them. However, this journey would be far longer than Mikhail would suppose. It was to be a journey filled with ordeals, which would take him, ultimately, to Hollywood.

Chapter I

"We've arrived, everyone out. Simferopol!" The attendant barked her orders as she unceremoniously opened the door of the compartment.

Mikhail gathered his things and, amid the bustle of the other passengers stepping off the train, began to make his way to the exit.

The platform was engulfed in the commotion of meetings, joyful exclamations, kisses, flowers...

It was a new life, and one that had to be built from the ground up. Starting with a job and a place to live. Problems compounded by the fact that back then, in 1984, it was virtually impossible for a politically independent person with no connections to arrive in a strange and unfamiliar city, and forge a career. Nevertheless, by some miracle, everything fell into place perfectly.Of course, upon closer examination, there was nothing particularly miraculous about it – ideology is a superficial concept at best, while people always need to work. Also, there were plenty of rational, judicious, directors who understood the value of able specialists - and one such director crossed paths with Mikhail.

In the summer of 1987, Mikhail was a serenely happy man. He had become the deputy director of a company called Our Home. Doing what he loved to do in the process.

His son Artur came to visit him from Kyrgyzstan, and they spent two weeks on holiday in Yalta.

One day, back in Simferopol, Artur, appearing somewhat flustered. A condition causing his to stumble over his words. Nevertheless, he asked his father:

"Dad, why haven't you got married?"

The question caught Mikhail off-guard. He did not know how to answer, and began to feverishly search around for the right words. Yet, at a certain point he came to realise the best answer had always been, and always would be, the truth.

"You should understand, my boy, I'm very much afraid."

"Afraid? Of what?" asked his son in puzzlement, his eyebrows raised.

"I'm afraid of making a mistake. You know, Artur, each mistake leaves a scar on your soul". In order to conclude this delicate conversation Mikhail added: "I hope it will never happen to you."

A heavy silence hung in the air. As a father did not know what else to say. His son was deep in thought. Mikhail drew the boy towards him, his fingers sinking into his son's tousled hair, which hadn't seen a barber for a long time.

"Artur, let's go get you a proper, stylish haircut!" he said, breathing a sigh of relief.

The boy happily agreed, and with a spring in their steps, they headed towards the nearest salon.

Chapter II

It was not just a salon, but an entire complex offering a wide range of services. Walking inside, Mikhail looked around in search of a place to sit and await their turn. There was no queue though! The midday heat had driven people back into their homes. Apart from a solitary young woman (a little over thirty) who additionally sat in the room. Her tanned face was marked with sadness, and she looked very tired. Her shoulders were slumped, even slightly stooped. Observably, she carried a string bag full of apples that looked as though they had just been plucked from a branch. Each looking enticing! Mikhail found himself involuntarily swallowing. A playful thought suddenly flashed through his mind, and he smiled to himself: "When Eve enticed Adam with the apple, it must have looked exactly like that."

While the barber concentrated on the thick mop of hair on Artur's head, Mikhail decided to strike up a conversation with the stranger.

"Do you think you could tell me where such heavenly looking fruit can be found growing?"

Startled, the woman flinched, but quickly composed herself again:

"At the summer houses out of town. I have just came back from there with my son. It gives us a little extra money. That's him, my son, Sergei."

She pointed to a well-built young lad, who was looking at a row of video cassettes on display at a kiosk next to the salon, before suddenly checking herself:

"Oh, I'm sorry, I didn't even introduce myself! Tanya."

"Mikhail, and that's my son, Artur."

Tanya started by asking Mikhail about his job.

"I work at a company called Our Home. After a short pause, he added: "I am the deputy director in the construction and architectural department."

"That's quite a career you've made for yourself! How did you come by that role?"

"I don't really feel like going into it – it's a long story."

"Oh, come on, Mikhail, please!" Tanya pleaded, unrelenting. "I'm intrigued!"

"All right", Mikhail reluctantly conceded. "I'll give you the brief version..."

Tanya looked at her new companion as if spellbound. She resembled a little girl who had suddenly found herself in a fairytale.

"Mikhail, are you married?" Her eyes disclosed a keen interest.

"No, I'm divorced. I'm not lucky with that kind of thing, it just doesn't seem to work out. My last marriage fell apart, and to be perfectly frank, I'm very much afraid of being the fool who repeats his folly."

Having discovered that Mikhail was a free man, Tanya noticeably transformed. Had she really looked so fatigued before? Her shoulders straightened up, a sparkle appeared in her eyes.

"I don't have anyone either", Tanya shifted her glance to the side. "My ex-husband was a drinker. He would even beat me!"

Her voice carried traces of hurt and self-pity. For a few seconds she fell silent, clearly believing that she had said too much, before timidly elucidating:

"In general he wasn't a bad man, when he was sober. Yet, when he drank, it was just terrible! We travelled to Siberia for work. He was a painter and decorator, and you know how things are there, how the workers all go boozing together after getting their pay. Well, he'd want to show who was the man of the house when he got back. What is more, he'd hang out with young girls from the working unit, even though he was the one jealous of anything that moved! One time, during the latest scandal, he hit me hard..."

"That's awful! How can anyone treat a woman that way?"

Detecting an element of doubt in Mikhail's voice, Tanya pulled back a lock of dark blond hair to reveal a scar.

He gave me concussion. I spent a long time in hospital. I got divorced straight afterwards. I took only my things, and returned to Crimea with my son. I work as a Director and also do some book-keeping at a cooperative making plastic bags." Tanya continued talking, and Mikhail soon understood she was involved in some kind of illegal activity.

"Tanya, please stop!" Mikhail implored. "I'm sorry, but this isn't something I want to hear about..."

An oppressive silence ensued, although after a short while Tanya started to speak again, her voice having regained its strong, sonorous quality:

"By the way, I need your advice, Mikhail. How can I get my office refurbished? Could you give me a number? I'll call them."

"Tanya", Mikhail answered firmly, "I'm in no position to give advice. I'm always away on business."

"Right now you've got Artur here with you, and you're in town. However, later... your son's going to be bored while you're at work. And anyway, he's the same age as Sergei, so it would be great if our boys made friends, don't you think?" Tanya looked at Mikhail from bottom to top, her eyes appearing to implore him.

"Why not, I suppose?" thought Mikhail, taking out a business card and handing it to his new acquaintance.

After Artur had gone to bed, Mikhail began - as he had done for many years - to analyse the events of the past day. Coming back to the episode in the salon, it suddenly struck him he couldn't remember the face of his companion. It was so unremarkable, it made her extraordinary. She was neither plump nor slender, neither tall nor short. Indeed, even her facial features were unexceptional. In short, she was nothing special at all. Except perhaps for those beautiful eyes... with that sparkle in them.

Mikhail recalled how Tanya asked him to talk about his career in Crimea. "What did she want to know that for?" he wondered, lying down on the divan and closing his eyes.

Just then, a stream of memories roused him to his feet. He pulled over a chair, sat down at his desk, and began to write.

Notes from the journal of Mikhail Bubel

In the 1980s, I moved to Crimea. The perestroika reforms were starting to be implemented within the Soviet Union! Just prior to this, an experimental consortium called Our House had been established with the aim of implementing a new housing project for the average Soviet citizen. This organisation was headed by the talented Director Svyatoslav Ivanovich Vishnevsky. It was he who invited me to work as an assistant in the architectural and construction department.

I was part of a unique experiment to create the ideal home, a place wherein everything would work in harmony: from the architectural concept of the building itself, the interior environment, furniture and infrastructure, down to the interior design.

My boss often jokingly referred to the project as "Gorbachevian", since it was financed as the result of a government economic conversion programme to meet civilian needs. All innovations announced at the time.

I recall there were a number of shipyards in Crimea which, following a downturn in military orders, redirected their resources to civilian projects. At the beginning, Vishnevsky got support from Igor Belousov, Minister of shipbuilding, who in turn convinced Gorbachev to specifically support our unique project.

Consequently, thanks to this support from the president of the USSR, thirty million dollars were allocated to our programme.

Since the consortium was located in Crimea, a decision was taken to build the first experimental residential district right here, in this enchanting corner of the world.

This new residential complex was meant to serve as an archetype of modern architecture for other regions across the country. As such, we were assigned the task of selecting the best foreign construction technology and to begin planning and building.

Work progressed successfully. In order to learn about foreign practices, our specialists visited France, Italy, Sweden, Austria and Germany. We learned about cutting-edge construction solu-

tions, and as a result, selected the best projects and technology, which most closely suited prevailing conditions in the USSR. Ultimately, an architectural and construction project entitled "Experiment" was drawn up. All meaning, a group of family cottages was to be built. An exceptionally picturesque area was selected on the southern outskirts of Simferopol, in the Marino district, which looked out onto the Yalta highway and the nearby reservoir.

My work frequently took me abroad. Of all the countries I happened to visit, I liked Sweden the most. I had been travelling the length and breadth of the country, and had already fallen in love with it; however, one incident somewhat tarnished my impression of the place. It happened on a warm July evening in Stockholm. A Swedish company supplying us with construction equipment had arranged a banquet on a sailing ship in honour of our delegation's visit. Unsurprisingly then, our delegation was relaxing on board and people were chatting amongst themselves. As for me, I found myself in a candid conversation with my interpreter, who had lived in Sweden for thirty years and was a teacher at the Slavic languages faculty at Stockholm University.

"Perhaps I should come back to live here at some future time" I jokingly suggested.

Her reaction to my words caught me off-guard.

"Quiet! Your Swedish colleagues might hear you!"

"So what? In any case, they don't know Russian. And anyway, what's so bad about what I said?"

"You're wrong. A lot of them know Russian. If they realise

what your plans are, they will instantly drop all interest in you as a business partner."

"Fine", I thought. "I should be more careful." I turned again to my companion:

"Anna, you managed to settle in this country and create an excellent life for yourself. You have a good job, a beautiful house, two cars... what do you think of my idea of moving to Sweden?"

"I'm absolutely against it", she answered.

I was completely taken aback by her words, although I refused to give in. She smiled and shifted her glance over to the neighbouring table, where members of the Swedish delegation were sitting.

"Take, for example, Mr.Pirs", she said. "He's your partner, a friend. Will you be able to resemble him one day?" She answered her own question: "No, never. You will never become Swedish."

That very second, I realised she was right. No matter how much I loved this country – I had no knowledge whatsoever of the language, or the culture of its people.

I returned to Simferopol in depressed spirits. A short time later, I received a call from Moscow.

"You've been appointed as a member of the delegation to Canada. You will be leaving in a week."

"I don't want to go to Canada", I protested, not knowing anything about the country, other than it being a part of North America.

The answer, however, was emphatic:

"The members of the delegation have already been confirmed!"

A few days later, I found myself on board an Aeroflot flight from Moscow to Montreal. Retrospectively, I recall being struck by the curious architecture of the airport building at Montreal, how dazzlingly clean it appeared, how devoid of people. My memory called to mind the teeming airports of Europe: Frankfurt, Paris, London – places where people appeared to move as one, undulating, mass. Here it was quiet, clean, elegant. I felt as though I was beginning to fall in love with this country: a place I had no knowledge of just a few days before.

A busy programme was planned for the visit: including discussions with high-ranking officials and meetings with Canadian business representatives. One such meeting, as I was to find out later, would radically change my life.

It began with regular discussions concerning potential cooperation. In this, we were assisted by our interpreter, Eduard. A man who turned out to be a most interesting person. He had actively spoken out against the Soviet authorities and was even classified as a dissident. Therefore, he moved to Canada for political reasons. When asked whether he found it easy living among Canadians, Eduard, perplexed, exclaimed:

"What do you mean 'among Canadians'? I'm Canadian myself!"

"How can you call yourself Canadian? You're Russian."

"Look around you, everyone here is an immigrant, just like

me. The only difference is when they arrived."

"I dare say he's right. Canada is a country of immigrants", I thought. I would later often tell my friends how I made this discovery.*

Soon afterwards, Mikhail called Tanya, who invited Artur round to watch a film with Sergei. A deep sense of guilt concerning his son pervaded Mikhail's soul: he hadn't been able to keep his family together, and now would not be there for him during his difficult, adolescent, years. A period when a father's presence is so vital to a boy's upbringing. Thus, he resolved to do everything he could to make his son feel at ease while the two of them were still together. In short, he was in no position to turn down Tanya's invitation.

The two boys quickly became friends and came to enjoy each other's company greatly. At the same time, Tanya and Mikhail spent unending hours discussing a whole range of subjects, which is to say, they spoke about nothing in particular. Curiously, when the subject turned to wine, Tanya's entire demeanour transformed.

"I'd call myself very knowledgeable. Actually, I studied it – I graduated with a degree in viticulture and winemaking."

"Then why didn't you pursue it?" asked Mikhail, surprised. Tanya, nevertheless, avoided answering.

"Gorbachev's prohibition law has driven me insane! Everyone's chopped down their vineyards, and people somehow thinkalcoholism will be eradicated by doing so. They probably thinkdrunkards were knocking back vintage and collectable wines too!" she proclaimed, waving her arm in despair.

Every time they met, Tanya would speak engagingly, and at length, about wine or winemaking. In himself, Mikhail was not opposed such meetings – in fact, it came as a great relief to talk to someone other than his colleagues: about issues unconnected with work. Indeed, things had come to the point that whenever Artur was far away, Mikhail became gripped by a melancholy loneliness. After all, at heart, he was a family man, and their separation caused him great suffering.

As August was drawing to a close, Artur left to return to Kyrgyzstan. Regardless, Mikhail's relationship with Tanya did not come to an end. She called him every day, and very frequently at that – often at the most inconvenient moments when he was busy at work. On these occasions (sensing Mikhail's attention was directed elsewhere), Tanya asked permission to call back later. Each time, she talked about Artur and reminisced about their boys getting on so well together. She claimed Sergei lamented the loss of his friend, while he eagerly awaited the summer when they could meet. Now and again, she would talk about how she herself had become attached to Artur. Mikhail did not object to this path of conversation: deep within his soul, he even felt flattered to be receiving the attention of a young woman.

In all likelihood, this course of events would have continued had Tanya not suddenly asked to meet him as a matter of urgency. Inviting him to dinner, she unexpectedly added:

"I need to tell you something very important."

Mikhail discerned a palpable unease in her voice. A silence hung in the air for perhaps just a split second, after which Tanya continued, already calmer:

"And while we're at it, I'm going to treat you to some Crimean wines."

Chapter III

The city was already cloaked in twilight when Mikhail called at Tanya's flat. After some time, she opened the door, smiled enigmatically, and invited him in.

It was a small, cosy place, bathed in the soft, dim, light of a floor lamp. The curtains were drawn. A table had been laid for two, with a number of rare Crimean wines ostentatiously sitting atop of it.

Tanya was visibly worried. Mikhail decided not to push the issue, leaving it up to her to decide when to explain the reason for bringing him here. In the meantime, they exchanged stock dinner-table phrases.

As dinner was coming to an end, she locked Mikhail in a strange, steadfast, gaze which startled him. He suddenly felt ensnared as if in a trap. So, he sat there – a strong, self-sufficient man, with no control over his will! Unperturbed, Tanya sighed a deep sigh and said, with conviction:

"Mikhail, I wanted to tell you something... I've... fallen in love.

She blushed slightly, and lowered her eyes.

"Congratulations, yet what does this have to do with me?" Mikhail asked, perplexed.

"Well, how can I... quite a lot, I suppose... it's you I've fallen in love with... you."

"That's all I need!" thought Mikhail. "How can I delicately manoeuvre my way out of this one?"

"Tanya, I'm of course touched by your... your attention. However, you know, I'm not really thinking about marriage in the near future. I've already been bitten once, and I don't really want to be the fool who repeats his folly."

"I understand. I've had to stomach plenty of grief myself, and I'm not about to drag you to the registry office. If you don't want to marry me, you don't have to. Let's just live together instead. It's not like I need anything from you – whether a ring, or a certificate. Nothing! I only need you."

She rose to her feet and put on some quiet music. In the semidarkness, her expression appeared mysterious.

"Shall we dance?"

"Are you sure you want to live with me just like that – no stamps, seals or signatures?" What would your parents say?"

"Of course I am, my dear. And it's not like we're sixteen anymore, and have to ask our parents' permission."

She fell silent for a few moments, then added:

"Although, if it's important to you, I'll speak to them. I'm sure they'll agree."

Chapter IV

The next day, Mikhail's mind was somewhere else. At work, he performed his duties mechanically, while his thoughts maundered somewhere afar. He was unable to forget what had happened the night before – he wanted to move forward, even though afraid to believe Tanya's words. The experience of his previous marriage forcing him to be cautious, and meticulously to weigh up every argument for and against something. Nevertheless, he longed to acquire a loving – and loved – family, as well as a warm and comforting "Home".

That very evening, Tanya elatedly told Mikhail her parents had given their permission for them to co-habit.

"Very well", Mikhail said, not wanting to argue. "Albeit on one condition: I'll write up an informal marital contract, and you'll need to sign it."

After a few hours, the contract was ready, which Tanya signed without even casting a glance at it.

Their new life together had begun. At first, Mikhail felt as though he was living in a fairytale. Tanya was always amiable, never argumentative, and showed a sincere interest in how things were going at work for her "husband" - especially when a conversation turned to contracts with foreign companies, or trips abroad. She supported Mikhail in all of his endeavours. Openly, revering him. Often she would speak about her feelings for him at any available opportunity.

On several occasions, he reflected on what it was he felt towards her. Love? He was thankful for the things she did for him, including the simple fact he was no longer alone. "In any case, is love something I need?" he reasoned. "Tanya seems stable, and she knows the pain caused by misfortune and separation. She understands me completely. Perhaps stability is more important..."

Inevitably, one day turned into the next, with Mikhail enjoyingtranquility and comfort. Additionally he was getting on well with Sergei. Everything seemed to be in place to finally rejoice in life, and yet (from time to time) Mikhail could not shake the impression it was all an illusion. Only a clumsy movement being needed for her to disappear, evaporate, or disintegrate into a thousand small pieces.

One day, when Tanya began to speak about her feelings, Mikhail stopped her and blurted out unexpectedly:

"Tanya, you have a son, as do I. In which case, I wish we had a child that belonged to both of us. Would you be against that?"

"My dear, of course I wouldn't!" she exclaimed.

"In that case, why are we prevaricating with this co-habiting? Let's get married, and have a normal family. What do you think?"

Tanya accepted the proposal enthusiastically. Moreover, after submitting the paperwork, Mikhail soon found a wedding ring on his finger.

Chapter V

Nothing changed for Mikhail following the wedding. Just as before, he worked a great deal, and when he got home, he would invariably find dinner, proclamations of love and the admiration of his spouse, all waiting for him. The only difference being he anticipated the joyous news of a pregnancy. He even pictured the scene when he'd find out.

Yet, time passed, and Tanya did not say a word. She would not even bring the topic up in passing, as if she had no interest in it whatsoever. This turn of events surprised Mikhail somewhat, but he attempted to rationalize things. It's hardly as though women always become pregnant quickly! Nonetheless, as their one-year anniversary approached Mikhail grew apprehensive: perhaps Tanya had some issues with her health?

One evening, he thanked his wife for a delicious meal, as usual, and she responded in kind:

"Of course. I try my best! You see how much I love you?"

"I see" he answered, although a slight shadow lurked in his eyes.

After a few seconds, Mikhail continued decisively:

"It's just I don't understand why we still don't have a child. Maybe we should see a doctor?"

"What are you talking about, Mikhail? Everything's fine!" his wife said, placing a hand on his shoulder. "I'm just using contraception."

"What? Why? Don't you want children? Didn't you promise me? Perhaps you don't remember?"

"Of course I remember, and I haven't changed my mind", Tanya said, the corners of her mouth turning up in a faint smile. "I want a child too."

"Then what's the matter? Why are you on contraception?"

"Well, I suppose us women can be like that – we think differently!"

Tanya was attempting to turn the conversation into a joke, but Mikhail didn't relent:

"No, come now. Kindly explain what's going on."

"What's going on? Can't you see for yourself what's going on, dear? Everything would fall apart!"

There was an almost metallic quality to her voice.

"Tanya, you're speaking in riddles. I don't understand you!"

"Mikhail, my dear, I'm afraid. I'm afraid of living here, and even more afraid of having children here. Look around you – the Soviet Union is crumbling. It's cracking at the very foundations, and nobody has a clue what power will supplant the government. The most frightening thing is this could happen at any moment!"

After a short pause, she suddenly blurted out a suggestion:

"Let's get away from here! Please! Let's go to a normal country. A place where everything's calm, where there's a civilised society, where people follow the laws... Well, like America, for example. You have lots of relatives living there. I'll give you children in America. As many as you want."

Chapter VI

Mikhail was racked by doubt. On the one hand, he had no desire at all to leave Simferopol. The city offered him everything he could ever reasonably want: a fascinating job, the respect of his colleagues... What did the West have? They would have to start completely from scratch.

On the other hand, Mikhail knew, deep in his soul, there were elements of truth in what Tanya said. Gorbachev's "thaw" had brought with it many changes. It had created unexpected opportunities, yet with them, uncertainty about the future. It was for this reason he decided not to argue the point.

There was no problem surrounding the choice of country. Plenty of his relatives, close and distant, lived in the US - and they were already in contact with him. Indeed, Mikhail had made a lot of business contacts while in Canada, even though his family connections to the US convinced him it was the most sensible destination.

One day, while in Moscow, Mikhail dropped by a relatives' place. After some time sitting at the table, talking about this and that, cousin Sergei invited Mikhail to his study.

"I have a little something that may be of interest to you."

Sergei opened a desk drawer, and took out a chart of some kind.

"This is our family tree. There's our grandfather, there's your father (and here's mine), and here are the children – yours and mine..."

Mikhail was amazed and awestruck by such a rigorous piece of work. Next to each name was a telephone number and place of residence, all written out beautifully.

"I got this chart from my departed father. Where he got it from though, I don't know", Sergei explained. "Anyway, Mikhail, you often travel abroad, so I want to ask you a favour. If you're able, and if you're not afraid of doing it, try to track down our American relatives. It'll be easier for you than for me. Strange, isn't it, how fate scattered us everywhere?" Unsurprisingly, that touching moment when the family tree first fell into his hands was one Mikhail would never forget. There, on that large sheet of paper, were the hitherto unknown names of his American relatives. From this minute onwards, his biggest dream in life was to gather his American family round a single table. Today, many years later, Mikhail refers to this phantasm (as it turned out) as a "Bubeldream".

Upon returning to Simferopol, Mikhail showed the family tree to his wife. For a long time she studied the chart, frequently enquiring about his relatives. Mikhail then took an aged, faded photograph from an album. It depicted a large family positioned strictly according to protocol, with parents in the centre, and numerous children of various ages around them. With noticeable pride in his voice, Mikhail named the people in the image: "This is my grandfather, the first in our family line, and this here is my father..."

The next day, upon returning from work, Tanya greeted him by claiming she had "a big surprise in store!" For a brief moment Mikhail looked at his wife silently, wondering what she had thought up now. He didn't have to wait long – removing her hand from behind her back, Tanya held out a sheet of some kind. It was the exact same family tree, only drawn up in colour, and on high-quality paper.

"Look here, these are the branches showing your American relatives. Also, these ones here are your relatives living in the Soviet Union", Tanya excitedly explained.

"And what's this?" asked Mikhail, pointing at two small boxes near his name.

"That's me and Sergei. After all, we're part of your family, aren't we?"

On one occasion, Mikhail selected one of the American names from the chart at random – Henry Bubel – and dialled the number next to it. Extending an invitation to visit, Mikhail realisedhe was taking a distinct risk. Only recently had people been given complete freedom to communicate with relatives abroad. Neither could he have known it was to become a fateful meeting: one that would turn his entire life upside down. Yet, such things were still to come – for now, Mikhail conscientiously began preparing for his dear guests' arrival. He asked SvyatoslavVishnevsky to assign the task of drawing up a programme for the Americans' visit to the foreign relations department of Our Home. Mikhail wanted to gather all his relatives together. A booking necessitating an entire floor of the Oreanda Hotel, in Yalta, to be reserved for them. Ultimately, a lot of the rooms stayed empty: for several reasons, a group of family members never came.

Tanya demonstrated a keen interest in all the preparations. She couldn't wait to meet her husband's American relatives.

Finally, the long-awaited day came. For the umpteenth time since that morning, Mikhail checked everything was in place for his guests' arrival, before setting off with his family for Simferopol airport - with plenty of time to spare. The waiting room was loud and teeming with people. Time and again, the latest arrivals were announced over the tannoy system... and then came the hugely-anticipated "Moscow–Simferopol". Mikhail instantly began ploughing his way through the crowd of people towards the airfield itself. Anybody could (by prior agreement with the airport administration), meet their guests closer to the boarding stairs, rather than in the arrivals hall.

"How will I recognise them? We've only ever spoken on the phone!" Mikhail thought, suddenly alarmed. He began to intently scrutinise the faces of the passengers who had already descended the stairs. Noticing two people who were clearly foreigners, Mikhail resolutely headed straight towards them. They did indeed turn out to be his American cousins Henry and Owen, Svelte. Both having an athletic stride and intelligent-looking faces. As such, this was Mikhail's first "encounter with America".

The three men stood silently, looking at one another. Mikhail had pictured this scene so many times that in the hours leading up to this big moment, he had worked himself into a state of alarm. He stood before his relatives, not knowing what to say. As if of its own accord, his arm outstretched in greeting. The three of them embraced. Any initial awkwardness immediately dissolved. Furthermore, Mikhail managed to compose himself when introducing Tanya, Artur, and Sergei to them.

On the road to Yalta, Mikhail showed the guests his pet venture: the experimental construction site in Marino. For their part, his visitors were awestruck by the beauty of Crimea. Expressed their disbelief that Soviet citizens would employ every trick in the book to escape to the West.

As evening fell, they arrived at Yalta. On seeing the room that had been booked for them at the Oreanda Hotel, Henry said quietly:

"Mikhail, I'm sorry to have to tell you I won't be able to get you such an expensive room when you come to visit us in America."

Now it was Mikhail's turn to be surprised. He hadn't imagined that by booking a suite at a hotel, he would make Henry feel somehow indebted to him.

Thus, they began their relationship – a relationship between people of the same lineage, although distanced by spirit and upbringing. Unknowingly, it was also a meeting laying down the entire path of Mikhail's life to come.

Chapter VII

It was now Mikhail's turn to visit America. Once there, Henry welcomed him with open arms. Indeed, he hadn't needed to put his guest up an exclusive hotel at great expense. Instead, Mikhail spent the whole duration of his stay at Henry's house in the charming town of Stamford, just outside New York.

The visit raised a great many questions for Mikhail.

From one perspective, Mikhail could see how a person with ability and potential could achieve a great deal in the US. All exemplified, when Mikhail visited the office of Patterson Belknap Webb & Tyler – a renowned law firm at the Rockefeller Centre where Henry worked.

Throughout that remarkable day, one thought lingered in Mikhail's mind: how happy his grandfather, Solomon, would be if he knew those things destined for his great-grandson Henry. Nevertheless, from a different perspective, he keenly felt only the strongest were able to survive in an environment like this: a place where competition was so fierce.

Henry would one day provide further affirmation of these thoughts by demonstrating the kind of incredible courage (bordering on the reckless adventurism) displayed by the first American gold prospectors.

Notes from the journal of Mikhail Bubel

During the first years of Perestroika, I tried to convince Henry to look towards Russia and establish business relations here.However, I did not expect this would prove to be such a hazardous undertaking.In 1992, I became acquainted with a man called VycheslavSirotkin in Toronto. He had come to Canada from Siberia.It was a chance encounter at a business forum - and one introducing me to a member of the so-called "New Russians" in our country. Somewhat surprisingly, Vyacheslav was attempting to colonise it with his wealth: stating he was the owner of a number of kimberlite pipes (which was to say, diamond mines), in Siberia. He was looking for an investor to develop them.It all struck me as rather implausible. Nonetheless, Vyacheslav showed me some very dubious-looking papers attesting to the fact he had something to do with these diamond mines. It was very suspicious, and looked like a confidence trick.

I called Henry in New York and told him the whole story. I expected him to brush it off with a typically American "bullshit".I was completely unprepared, however, for his reaction: "I've got to meet this Sirotkin right away. Wait for me there."And sure enough, Henry turned up in a private jet with his American friend – a billionaire by the name of Gretzinger. We met on a private airfield in Toronto, with Sirotkin driving a plush Lincoln, while our guests descended from a twin-engine private Boeing. Before I knew it, we were on our way to Sirotkin's head office.Everything had already been set up to welcome his potential clients.

Sirotkin put on quite a performance for the Americans. He did not shy away from making toast after toast, or from laying out a spread for them. All the while, he made a show of his wealth and importance. Additionally giving Henry a book to help him learn Russian.All sorts of nonsense came out of Vyacheslav's mouth as his monologues meandered this way and that.The Americans, though, showed plenty of restraint during the eating and drinking pantomime: asking Sirotkin whether he might like to get down to the business of discussing the Siberian diamond mines.Vyacheslav took out his papers and gave them to Henry, who studied them carefully. Yet, his questions soon left Vyacheslav floundering: especially when it came to the issue of whether he was the owner of these diamond mines or not.I was still waiting for the moment when Henry would take me aside and label this charade with that long-anticipated American term "bullshit". But nothing of the sort happened. Moreover, I could hardly believe my ears when I heard Henry discussing plans with Sirotkin to fly out to Yakutia, and to the diamond mines. All this, to reiterate, in 1992, at the height of the racketeering practices and property redistribution in Russia.

Vyacheslav explained to Henry he first had to fly to Krasnoyarsk, from which it was a further four hundred kilometres to the remote taiga. Astonished, I couldn't believe what was taking place and caught myself thinking: "To hell with these kimberlite pipes, life is too precious." At the point I heard Sirotkin would not be accompanying Henry to Siberia (he had, you see, a few problems with some of the people over there), I could not restrain myself any longer. I took Henry aside myself, telling him that in the current Russian climate, it would be a life-threatening journey. Henry, however, just smiled and clasped me on the shoulder. "I want to see these kimberlite pipes with my own eyes", he said. What was more, I could see this was no mere foolhardy display of bravado, but rather a very specific business calculation – he understood, or felt, there was something to this proposition – something that had evaded me.

So, the trip to Siberia took place, and thankfully, Henry returned alive and well. Whether a contract was actually signed with Sirotkin to develop those kimberlite pipes, I do not know – it's hardly as if he was answerable to me. Yet, with my guiding hand, Henry's dealings in Russia went very successfully. Before long, he had opened an office in Moscow with a view of the Kremlin.

This all taught me the American character was a force to be reckoned with. There were no hints here of the bewildered Gorbachev, who managed at a single stroke to lose his entire country. *This was something altogether different, something that I had not previously encountered.*

One day, I managed to get to know Mr. Gretzinger a little better, and at the same time, visit a typical American production line. It was during one of my visits to Henry. Indeed, I recall Henry saying to me, "Today I'm going to show you a real American factory."

For some time, we travelled across the picturesque landscape of Connecticut, when suddenly, out of nowhere, we found ourselves at the factory gates. It seemed to me that the factory was located in a forest. The owner – Gretzinger himself – was there to meet us, and invited us on a tour of the shop floors. He was young man, handsome, and clearly a go-getting sort.

I had grown up the son of a factory Director. Back in that other world, which has long since ceased to be, my father would often take me around his facility. Yet, a soviet machine tool plant was decidedly different from the scene presenting itself to me at this moment.

Gretzinger's factory specialised in machine building, and, it appeared, manufactured powerful air-conditioning and ventilation units. At which point any similarities ended. It could be put thusly: I was under the impression the factory I remembered from my Soviet childhood was no more than a figment of my imagination. The shop floors were located in prefabricated modules, and were clean and light. Inside, it resembled an exhibition pavilion, or a large training centre. I barely saw any workers, or more accurately, I saw no crowds of workers – there were so few of them.

Gretzinger, who loved dogs, had brought his pets with him. From room to room, he was followed by a pack of huge, elegant hunting dogs of the highest pedigree. Theywere friendly towards the employees too, even though they went unnoticed by the workers, who were busily attending to their duties. At times, I thought I had entered a parallel universe, where dogs – not people – were doing the work.

The owner of this factory bore no resemblance to his Soviet counterpart who was my father. He walked through the facility as if he were an outsider, without giving instructions to the workers, and without a Foreman running behind him. Were it not for the pack of hunting dogs bounding around behind him, Gretzinger would have been completely inconspicuous in his own factory.

On the way back, Henry explained that Gretzinger collected military aircraft from different eras. Suddenly feeling downcast, I sat there silently, remembering how my father was not even able to buy a decent car on his salary.

Henry equally fell silent. It appeared he had read my thoughts, or shifted his own to Russia, where his organisation had already gained a firm foothold. The Americans came to conquer Russia, and under Yeltsin, the country surrendered to them like a licentious girl. Henry himself was already advising the Russian Prime Minister, Viktor Chernomyrdin, on matters related to obtaining American loans.

Curiously, in spite of those American loans, no new facto-ries akin to Gretzinger's were being built, or at least, virtually no new ones. In any case, I never saw anything to suggest oth-erwise in the papers. The only thing I heard was that Russia defaulted, the people were destitute, and pensioners were dying. What would my father have done if had he lived to see this period? How would he have eked out an existence, even on a Director's pension?

I wondered why the loans never reached the hands of Rus-sian people – just as the aid offered by the Marshall Plan after the Second World War ended up going elsewhere. "Russia has had no luck with America", I thought, glancing at the impassive face of Henry behind the wheel of his high-end car.

In the end, I couldn't bring myself to mention any of this to Henry. Whether it was because I was afraid, or timid, I don't know. To this day, I do not feel as though I am his equal, but rather his junior, in spite of me being older by a whole gener-ation. I suppose we Russians are very different people when we are around Americans.

Somewhat unexpectedly, Henry broke the silence, and in a quiet voice began speaking about our Jewish ancestry. I shrunk into myself and, on edge, listened. Back then, it was a very painful topic for me, as a person who grew up in the USSR.

I imagined a long conversation was in store, in which we would enrich each other with our experiences of suffering en-dured by the Jews. To my relief, Henry said nothing of the sort, and instead revealed a secret to me. A secret, which in all honesty, I had previously been unaware of.

Without taking his eyes from the road, Henry said, "Our lineage on our grandfather's side is linked to the Cohens." Who the Cohens were was a mystery to me, and I dared not ask. Therefore, I silently listened in a manner appropriate to being told secrets. In any case, Henry explained it himself: "The Cohens are the descendants of Aaron – the priests at the Temple of Jerusalem."

I then remembered my father's tales about the Temple. Once I had become a little older, he occasionally found the time to tell stories (always in half-whispers), when nobody else was around. Now that I realised my ancestors were actual people, these recollections moved me greatly.

We were speedily back at Henry's place. Blaming fatigue, I quickly retired to my room. Lying on the divan, I closed my eyes and, for many hours, remembered my father and our warm home on that far corner of the earth. There he was once more, talking about the Temple...

I don't know when I fell asleep, but I remember the dream I had that night. I was taken back to the distant past, to the Temple of Jerusalem...

"Henry, I never told anybody about this dream until now – it turned out to be prophetic", I said to myself.

Many years went by, but the dream never left my head. I saw the Temple of Jerusalem – the Third Temple.

I was waiting my turn to be received by the High Priest. Looking around, I was taken aback to see how many of those sitting in the queue were people I knew: or at least recognised from meetings in the past. Every now and then, an attendant loudly called out a first and last name. The person whose name was pronounced immediately got up from one of the white stone seats and made his way into a huge hall, bathed in light. Its large doors would quickly shut behind him as he entered.

Standing in front of me, the attendant called out the name of Solomon Bubel. I started with surprise – the surname appeared familiar to me, and I wondered where and when I would be able to meet this person.

I soon realised those around me were thinking the same thing. The attendant noticed my confusion and asked me, "Can you not remember this person? I will make an exception for you. Make your way to the balcony, and you will hear everything the High Priest will say to him." Ascending to the balcony, I attempted to carefully examine the face of Solomon Bubel, whose facial features were so familiar to me.

Solomon stood, head held proudly high, before the High Priest. His entire posture expressed fearlessness and the triumph of faith. Yet, this silence surrounding him was sharply broken by the High Priest. "Solomon Bubel, are you ready to answer for the deeds of your descendants?" I began to feel ill at ease, and had a sense of dread from what I had heard. I wished this dream would end – why should Solomon Bubel answer for his descendants? The High Priest continued: "You, Cohens, descendants of Aaron – must return to your direct obligations, to serve at the third Temple of Jerusalem. Today I shall take your decision: who of your lineage is worthy of fulfilling this great duty? Let us begin..." At that, the dream ended – I woke up.

Later, in 1994, Henry told Mikhail an astonishing story. He was required to play a role in the "deal of the century", providing legal support during the sale of the Empire State Building to the billionaire Donald Trump, as well as other European and Asian investors. Trump acquired half of this wonder of the modern world, thereby designating it a National Historic Landmark via the National Parks Service of the US.

Mikhail was astounded by the news. "Well well, hereby lies the secret of success for American entrepreneurs - when somebody like Henry, the grandson of a poor Russian immigrant, can reach such stellar heights in his career", he thought. It was a touching story carrying additional significance for him – Donald Trump had long been his favourite author, and Mikhail would eagerly devour each newly published book.

During this time, however, Mikhail was wrestling with the decision about which country to live in. Should he be unhappily forced to abandon his homeland? It was to be either the US, or Canada.

In the end, fate decided for him.

It unfolded thusly: through an incredible stroke of fortune, Mikhail was given a placement at McGill University in Canada. When she heard the news, Tanya's demeanour visibly brightened, and she began asking her husband whether she could accompany him.

"Think about it. You won't be away for a long time. What kind of family would allow a husband and wife to be separated by an ocean? Do you really want to head off for faraway lands alone?

Mikhail, a family man at heart, abhorred being alone. At the same time, Tanya had meticulously studied his weak spots. Becoming adept at manipulating them. All taken together, he had no desire to argue. So, noticing her eyes were full of tenderness, he could only smile in response:

"You certainly know how to convince a man. Very well, I'll arrange a student visa for you."

Soon after, it was decided Mikhail should head off first, while Tanya would join him later.

One evening, when the two of them were in bed, Tanya embraced Mikhail and quietly asked:

"Do you know what I want, my dear?" She didn't wait to be prompted to provide an answer. "I want us to share the same surname."

For some reason, Mikhail intuitively felt uncomfortable with his wife taking his name. Subconsciously, he felt as though he did not completely trust her, and yet he was unable to logically explain the reason why, and so, by force of habit, he tried turning it into a joke.

"Then let's both take your maiden name", he replied, steadfastly.

Tanya suddenly flared with indignation. "It's just one thing following another! Don't you understand we both have to have Bubel as our surname?" Don't your American relatives also have this name?"

Mikhail nodded.

"Hasn't it even entered your mind it will be so much easier for us to get ahead in life with your name?"

The first thought darting across Mikhail's brain was, "Where has this fixation on taking my name come from all of a sudden?" When he spoke though, his tone was far more conciliatory:

"Fine, fine, don't get angry", he said peaceably, before hugging Tanya and trying to kiss her. Tanya, though, pushed his arm away sharply and turned her back to him.

"I'm not in the mood for making love any more" she shot pre-emptively.

Mikhail, taken aback, became offended. As any couple, they had their ups-and-downs, but he had never before encountered such a flagrant, undisguised, attempt at manipulation. Even so, he tried his best to laugh it off:

"I'll tell you what, when you fulfil your promise to give me a child, I'll give you my surname. And at the very least, you're going to have to make love to fulfil your side of the bargain."

Chapter VIII

Unhurriedly, Mikhail made preparations for his departure. The academic year was scheduled to begin on 6th September, although it was still August. "There's more than enough time", he thought, heading off to his office early on the morning of 19 August. "The main thing is to draw up the authorisation for Tanya's retired father. This will give him access to my new home once it's built."

Turning away from the main avenue in Simferopol, Mikhail suddenly had to brake sharply – the entire road was packed with military vehicles. His heart was gripped by anxiety. A sense of unease already rippling everywhere. Obviously, he did not yet know the army had pushed its way to Foros, where Gorbachev's summerhouse was located.

When he arrived at the office, the phone rang ominously.

"Mikhail, something terrible's happened! Come back

quickly!" Tanya's voice resounded down the line.

"What terrible thing? What's happened? Start making sense!"

"The government in Moscow has been overthrown! I'm begging you, come home!"

Mikhail went back to see his family gathered around the television, which was broadcasting the ballet Swan Lake.

"The news will come on in a minute", said Tanya.

Sure enough, a group of people calling themselves the State Committee for the State of Emergency appeared on the screen.

"Well, is that proof enough for you?" Tanya shouted at him. "How many times did I warn you this country was on the road to ruin? You're leaving for Canada today, while the borders are still open!"

"But what about Artur? And what about my flat?"

"Artur will be fine here with Sergei, and when we can, we'll send him back home to Kyrgyzstan. As for your flat... let's get a notary to draw up the authorisation right now. That will be that. And, well, I'll join you in Canada a bit later..."

Mikhail was at a complete loss. He had not imagined he would have to leave his country under such extraordinary circumstances.

Several years later, Mikhail described the events of that day - and what followed - in his memoirs:

The plane taking me from Simferopol to Moscow touched down at Vnukovo Airport. Dusk had descended over Moscow. Throughout the flight, I couldn't help but recall my son's face as we said goodbye. A strange feeling enveloped me at the time – it was as though I would never see him again.

"Go, Dad", Artur said as I was leaving. "I'll see you in Montreal".

I looked at my son. Eye to eye. For one final instant...

Vnukovo Airport was uncharacteristically full of people. All meaning, I had to cross the city in the middle of the night to get to Sheremetyevo Airport. The first plane to Montreal was departing early the following morning, and I had just a few hours to make it to registration in good time. Stepping outside, I briskly made my way to the taxi rank.

"Sheremetyevo, please", I said to the first driver in the line.

The driver, a good-natured portly man, chuckled in response. "You're joking, right? The only way you can get to Sheremetyevo is on foot. The entire ring road is packed with armoured vehicles. There are tank columns converging at the White House."

This is how I learned of the situation in the capital. I felt like a fugitive: a fugitive deserting the country he loved, a fugitive escaping to nowhere.

"What will be will be! There's no point battling against fate. If I make it to Sheremetyevo, I'll go to Canada, and if not, I'll head back to Simferopol", I reasoned.

In a state of utter confusion, I walked up to a group of taxi drivers who were discussing the unfolding events. A woman who was standing among them caught my eye. She was telling the others that she had just come from the White House and witnessed how two separate streams of people were converging there. One consisted of those defending the building; the other (which included tanks and armoured transport vehicles), was preparing to take it by force.I had nothing to do with politics, yet nevertheless realised the tank crews had split into rows according to their political persuasion.One of them was supporting the State Committee for the State of Emergency: the other was not. "Another wall-on-wall fight, the kind Russians have specialised in for hundreds of years", I thought to myself.

The woman was ardently advocating action to be taken. She was saying they had to go and persuade the soldiers not to fire their weapons.Transfixed, I listened to her with admiration. She appeared to resemble Joan of Arc, as this saint appeared in reproductions inside school textbooks.

"What a courageous figure! Perhaps one who will be willing to take me to Sheremetyevo?No, of course not", I thought, dispelling such an idea. "Even the men are afraid." However, having made my way through the crowd, I approached her.

"I need to get to Sheremetyevo, my plane's leaving in a few hours.Will you take me there?" I looked at her enquiringly - as if challenging her.The other drivers fell silent.

"That depends on how much you're willing to pay.I'd be taking a pretty big risk — there are tanks and armoured vehicles everywhere."

"I'm aware of that, but in any case, I'll definitely make it

worth your while."

She turned and headed towards her car and I followed behind, with an awe-struck crowd looking on.

Fifteen minutes later, and we were on the ring road. The astonishing scenes on that journey will stay with me forever. A brilliant moon shone intensely that night, its light reflecting off the clean, metallic surface of the tanks.

"What can we do? We won't get through!"

"Don't worry, there's a bypass here", and with a friendly wave to the soldiers, she swerved down into an exit, and along a dirt track.

"So now I've entered the annals of history" I contemplated, while the taxi shuddered along the rural pits and bumps just outside Russia's capital. *"But this is not your concern, you have nothing to do with politics. You're on neither side. Indeed, you're just a student who needs to get to his lectures on time."* At the very moment, as I was attempting to absolve myself, a voice in my head assumed an accusatory tone: *"You are a fugitive! You are not manning the barricades or driving a tank. You are the silent, taciturn Russia, the one which does not even have its own opinion on matters."*

In the midst of this internal altercation, I didn't notice we had arrived at Sheremetyevo.

"The flight hasn't been cancelled, has it?" I asked, handing over my ticket at the registration desk.

"No, everything's running to schedule", I was told.

By some miracle a Moscow acquaintance of mine, by the

name of Yuri Novikov, managed to meet me at the airport to see me off. We said our farewells. Following which the airport strip receded behind me as the imposing wings of the grand Ilyushin Il-62 jet airliner lifted me higher and higher. I tried to guess the altitude: "Ten, twenty, fifty metres... a hundred already... a thousand..."I felt myself being swept away from my homeland at great velocity, perhaps forever.

Throughout that long journey one thought burrowed into me: why was it - at such a critical moment for the country - Gorbachev was at his country home in Foros, and not in the Kremlin? I could not imagine he was oblivious to the coup that was being prepared.

Our plane was greeted at Montreal by a herd of local journalists: "What's going on in your country?"I brushed them off. What could I tell them anyway?I sat in the taxi, and left for the university campus.

Before long, my life as a student had begun. Furthermore, I was soon joined by Tanya.

I now knew my main priority was to bring my son to this country. Therefore, at my request, on 29th October 1991, the vice-rector of the university drew up a formal letter of invitation for Artur to visit Canada.

I will never forget that beautiful, warm, autumn day.I woke up early in the morning and felt charged with energy.Instead of my usual three circuits, I did five on my morning run. Even that did not seem enough, however, and I turned down an unfamiliar alleyway, which was blanketed in a golden layer *of leaves. On and on it beckoned me, and I kept running, overcoming any encroaching fatigue.*

The meadow opening up at the end of the alley turned out to be, somewhat unexpectedly, an old cemetery. Why a cemetery, of all things, on such a glorious morning? I had never seen it before…a sense of foreboding stirred deep within my soul. By the end of the day, I intensely felt that something terrible was about to happen.

That evening, I was invited with Tanya to an ice hockey match between university professors and students. I began by watching the game closely, yet unexpectedly sensed a force of some kind gripping my heart: tightening itself around it. The outlines of the hockey players appeared to morph into ice sculptures, their movements slowing as they began to gradually freeze solid. It became cold, unbearably so, as if I was turning to ice myself. Not understanding what was wrong with me, I left the arena.

On the way back to campus, my body was shaking feverishly. I ran up the stairs and hurled myself towards my room. My hands were trembling so much that I stood outside for a long time, struggling to get my key in the door. Eventually, I managed to get in, whereupon I discovered a fax from my brother in Kyrgyzstan: "Artur is dead."

It was the most unspeakable news. Artur's grandmother often warned him about the dangers of an electrical current- and how it could turn into a lethal bolt of lightning. However, nobody could have imagined her words would mystically turn out

61

to be prophetic. My son's death was terrible. It happened in the bathroom – caused by a short circuit in the washing machine.

Not long after, the Soviet Union ceased to exist. Coinciding with my discovery of the Belavezha Accords while in Montreal. Hence, it became clear that a ticking time bomb had been placed under the twin foundations of stability and safety for those peoples inhabiting that landmass.

With sadness, I watched Mikhail Gorbachev's resignation speech on television. Each of his words painfully resounded in my heart, especially when he said, "I hereby discontinue my activities in the post of President of the Union of Soviet Socialist Republics."

At that moment, I told myself: "That's it, I've had enough. Experiment without me", and I took the final decision not to return. It was incredibly difficult to sever my ties with my homeland, but the defeated face of the president of the USSR became etched in my memory. Unarguably, it was his downcast expression, which became the main reason for my decision. Perhaps, without the "Gorbachev factor", my fate would have turned out differently, and would have been free from overseas conflicts.

***

Soon after, Svyatoslav Ivanovich Vishnevsky passed away. The president of Our Home was not able to withstand the collapse his country, nor his career.

With nowhere to return to, I took the decision with Tanya to remain in Canada and settle in English-speaking Toronto.

Chapter IX

The death of Mikhail's son cleaved his life in two: "before" and "after". He found himself in a state of simultaneously living, and not living.

"Why are you so miserable?" Tanya asked in puzzlement. "You could at least go to see the doctor or something. Let him prescribe you something. It might make things a bit easier. You're drifting aimlessly like a shadow!"

Her sharp tone took Mikhail aback, but he decided to take her advice.

The family doctor, an elderly man with a wise, fatigued, look in his eyes, did not prescribe any pills.

"You know..." he began, with a sad smile, "I don't have any pills which will help you. Clearly, you will have a difficult two years ahead of you, whether you take any pills or not. It will be like a stone around your neck. Then it will pass. Be strong, my dear fellow. Time is a great healer: you just need to tough it out."

One evening, Mikhail asked:
"Perhaps we should go back to Crimea?"
"Where would it be to this time? Some desolate place?" Tanya lashed out. "There's nothing left there for you – your country, your career... nothing!"
She sighed wistfully, before continuing even more forcefully:
"This is a wonderful country, the health care is excellent, the social infrastructure..."

A few months later, Tanya told Mikhail that she was pregnant. This joyous news brought about a thaw (of sorts) in Mikhail's condition. His life had acquired new meaning. He began to live in anticipation.

Canada had been a very hospitable country to them. Its welfare system provided them with money for food and a place to live. Tanya never stopped marvelling at this country. Yet, Mikhail was plagued with a heavy heart. He would often recall the words of the doctor: "Be strong, my dear fellow. In two years it will pass."

Tanya refused in no uncertain terms to return to Crimea.

"Yes? What about later? You remember I'm pregnant, don't you? It's difficult for me to go anywhere now. Please realise this is a better place for a child."

"In that case, let's bring Sergei here", Mikhail said resolutely. "What's he doing there all alone?"

"First of all, he's with his grandfather, so he's not alone. Secondly, he can look after my flat", Tanya retorted.

"It's virtually anarchy over there. All those mafia killings you keep hearing about..."

"Ah yes, those eternal fears continuously loom before you! Sergei will be a liability for us here in Canada" Tanya countered. "I'm dreaming of a time we can spend our summers in Florida, the way all Canadians do. Sergei would get in the way of all that."

Mikhail was completely astounded by such an "argument".

"What? How can you say your son – your flesh and blood – will get in the way?" he fired back at his wife's face.

"Fine, bring him over yourself. I won't interfere. You cover the travel costs yourself, not that they'll let Sergei into the country. He'll be refused a visa. Legally speaking, it's a very specific – and lengthy – immigration process to bring your son over."

"I'll ask my cousin Henry for help. He can bring Sergei to the US first, and then help get him to Canada."

"Do whatever you want!" Tanya snapped back, cutting him off.

She left the room, slamming the door behind her, and leaving Mikhail sitting motionless at the table. His heart beating anxiously: his head buzzing. A thought suddenly lodged in his brain, like a splinter: "What kind of person is my wife? How could she call her own son a liability! Could it just be the effects of the pregnancy? Will she give birth, and everything will return to normal, or…?"

Chapter X

Mikhail meticulously thought through the plan to bring Sergei over. First and foremost, he had to find money. Therefore, he made an estimation of all his assetsto this effect. He still owned a plot of land in Simferopol, which his father-in-law was looking after. Moreover, the construction of a villa had just started there.

"How are things working out with my project in Simferopol? What has your father said?" he asked his wife.

Tanya, casting down her eyes, her face reddening slightly, answered quietly:

"Your project has been sold..."

Mikhail tensed up. "And the money is where?"

"It's been spent already", she said, even quieter than before. "You weren't told about it because it would only upset you."

Mikhail was in a state of shock. He wanted to express his outrage, and yet... recollections of Artur suddenly flooded his mind, and he fell silent. What did money matter anyway, when your only son was no longer here!

"Don't think you can count on me!" Tanya suddenly said, adopting a very different tone. "You know I've been taken off welfare."

"Quite right too. You shouldn't have lied to social services – how many times did I tell you?"

Mikhail resolved to bring Sergei over, whatever the cost. He called Henry and asked him to help, emphasizing that he'd cover the ticket and any other costs associated with this move.

In those days, Henry often flew to Moscow on business. Before long, his next visit was scheduled. According to their plan, Sergei waited by the entrance of the American consulate with his grandfather. So, with the cherished American visa granted, it was possible to book tickets for New York.

Mikhail did not expect everything to happen this quickly. Nonetheless, he soon received a call from Sergei in New York. Henry had hospitably agreed to put Sergei up at his place while preparations for his onward trip to Canada were still under way. It was finally possible to breathe easily – the boy was now safe.

One month later, Sergei was in Toronto and gradually becoming accustomed to his new life. Mikhail felt a rush of strength and energy. His life had acquired genuine significance: the family was reunited.

Sergei, who had a keen interest in cars, was astounded by the abundance of different, expensive brands on the streets. "Look at that rare model Ferrari... and that's a Bentley..." he would exclaim, completely thrilled. "I never saw cars like these in Moscow, let alone Simferopol."

One day, they took a trip to Niagara Falls together. It was the most incredible sight! Sergei gazed transfixed upon the wall of water, his eyes glowing in wonder. At last, he turned to Tanya and Mikhail, saying simply: "It's... amazing."

Arriving back home weary from the long (albeit enthralling) trip, Sergei fell asleep instantly, his head barely having touched the pillow. Mikhail, happy and at peace, sat down in an armchair with a glass of wine and looked at his wife.

"There will be a new addition soon. You'll give birth to a child, and I'll finally have a real family", he said wistfully. "I cannot wait for that time."

Tanya slammed her glass down on the table.

"Why should I?" she asked, her mouth twisting in distaste.

"What do you mean, 'why'?" Mikhail, in turn, asked in confusion.

"Why should I give birth? No, I won't do it, I've changed my mind. I'll get an abortion."

"But... you promised... you assured me, in the end, you

gave your word!"

"So what? What does this mean? That I should be a hostage to my word? You have a son now – Sergey. What more do you need?

"I don't want to be wasting my time here in the West: I need to make money!"

"Tanya, my dear, you're joking, surely?" Mikhail asked with hope in his voice.

"I'm tired, I want to sleep", was her only answer.

By contrast, Mikhail tossed and turned in bed. Turning over conjecture after conjecture as to the source of such an adverse reaction in Tanya. "Would it pass?" he wondered. "God will judge them, these pregnant women! Are there any impulses they don't suffer from?"

He tried on numerous occasions to persuade his wife to keep the child, yet her answers were always evasive. One day, while getting ready for work, Mikhail noticed Tanya shuffling through some papers in her bag.

"Where are you going?" he asked.

"To the doctor. For an examination", Tanya answered, not lifting her eyes.

It was an onerous day. Mikhail was fit for nothing. He found it impossible to shake off his anxiety, which continually returned to engulf him. When he got home, things became even worse. Tanya greeted him as she always did, although something felt different about her. The air was heavy: a storm was brewing, or was it a cataclysm? Towards the end of dinner, Mikhail decided to ask one more time:

"Do you really want to have an abortion?"

"It's been done already", she hit back. "This morning."

Mikhail's eyes darkened, his head clouded. It appeared his heart was about to leap out of his chest. Then he sank back into his chair. It was as if the sun had extinguished itself and fallen from the sky, fragmenting into countless fizzling embers. Suddenly he became conscious of something, albeit belatedly... pointlessly. He understood what had changed in her wife's appearance: her eyes! After all, she continuously diverting her glance, and never looked straight ahead. Trying desperately to come to terms with his thoughts, and barely moving his parched tongue, he asked:

"But... why? You vowed to love me forever"

"And you believed me? I never loved you! I needed a way to get to Canada. Our marriage was a sham", Tanya retorted.

"No, it wasn't a sham marriage. It was a marriage of deceit! Everything you do is saturated with deceit. You are a lie – one, single lie!"

The deed was done! Now there was no going back. Even before this confrontation, it was as though Tanya had been replaced by somebody else! As if she had gradually become somebody "other". A modest, quiet, and simple woman, who had transformed into a haughty, crude – even vulgar – egoist.

Feelings of cold horror enveloped him. His thoughts

71

were in disarray, his heart ached. Mikhail realised Tanya had always been driven by her own mercenary interests, namely, to get to Canada by whatever means possible. This woman had been playing him – manoeuvring him – like a pack of wolves hounding their prey. And now the trap slammed shut!

Tanya went off to the bedroom, while he went out onto the balcony. "What possessed me to show her my family tree back in Simferopol? Why did I reveal the secret of our family?" Mikhail admonished himself. "From that moment, Tanya had become crazed with the idea of escaping to the West and being closer to my American relatives." Mikhail suddenly remembered that first fateful meeting with Henry.

A grim thought struck him: "there's a mistake in the document." He opened up the folder containing the family tree, and drew a line through the names of Tanya and Sergei. More than a mere mistake though, it had proved ruinous. Mikhail could not bring himself to forgive the deception he had suffered – one causing the disintegration of his family.

He remembered how, while still in Simferopol, he drew up the marital contract due to his suspicions about Tanya. In all likelihood however, not a single local lawyer would take this case.

Sometime later, Mikhail was crossing the street, when unexpectedly the screech of brakes erupted right next to him. He leapt back, startled, to see a top-of-the-range jeep a centimetre from him. Tanya was at the wheel.

"I get it... you found yourself another profitable marriage?" Mikhail exclaimed.

Tanya regarded him with disdain.

"I'm running late!"

"Of course, she's already got her citizenship and she can find a rich foreign man to marry."

In that enormous city, he stood alone, in the middle of a deserted crossroads. It was a place bustling with life, striking in its beauty, even though infinitely alien. Fragments of thoughts sped by in Mikhail's head, preventing him from being able to concentrate.An old popular song from the Soviet Union strangely began playing in his mind. Once again the last train has ran away from me, and once again I am following the tracks as I make my way home... only I have nowhere to go. This is the worst thing that could have happened to me..."

Later, Mikhail called Tanya to ask her to return a possession dear to his heart – the old photograph of his grandfather Solomon, together with his sons. His former wife's answer confounded him:

"I don't care about your ridiculous questions.You're a loser. You should be calling to thank me! I'm the one who dragged you here to Canada. Don't you remember how reluctant you were? How much you resisted the idea? Of course, when you did make it over here, it was all for nothing. We've got a word for people like you – loser.

"I moved to the US to be with my relatives", Mikhail said, trying to justify himself before her.

"Go to hell..."

"I don't care about you either..."

"How does that self-interested woman do it? How did she manage to deceive me so shamelessly? Another Monica Lewinsky", Mikhail thought as he put the telephone down.

Mikhail Bubel's family saga did not end there: his personal life was a story of adversity, but there are other stories to come.

Laureate Films

To whom it may concern,

In these challenging economic times--more so, perhaps, in the film business--we must be prudent in our investment of time and money. Nevertheless, those same challenges provide us with select, unusual opportunities; such is a chance to develop and produce an action/adventure film, within a well-proven genre. Utilizing new, unfamiliar exotic territory and approaches. Author Maxim Korsakov's book "Guardian of Treasure" may well provide the blueprint.

The notion of creating a "James Bond-like" franchise (the first of a series of interconnected films) of action films (using the Great Silk Road), seems timely.

Shooting it in Kyrgyzstan and surrounding countries will allow our production company to keep costs to a minimum, while taking advantage of the natural beauty of the terrain. We intend to use Kyrgyz actors whenever possible, along with American and European stars, making this a truly International co-production.

We will also employ, whenever possible, local "behind the camera" talent, leaving behind expertise and an infrastructure for future co-productions.

I sincerely hope this co-production will be a first step in an on-going relationship that will be mutually beneficial on an artistic and economic level.

Please feel free to contact me with any questions or comments.

833 N. Lima Street, Burbank, CA 91505
(323) 655-3611, ggrunfeld@mac.com

Yours,
Gabriel Grunfeld
Pres. LAUREATE FILMS
Hollywood producer at Laureate Film

The Hollywood Conundrum

The hardships I endured compelled me to become a writer. This endeavour in itself led me to live through an extraordinary narrative that I continue to regard as a conundrum.

It all began when the Hollywood producer Gabriel Grunfeld spoke flatteringly of my book Guardian of Treasure, calling it a new "James Bond-like" work.

The producer informed me he had decided to create a film adaptation at his Hollywood studio.

I felt rather conflicted by this news. On the one hand, it felt like everybody's ultimate dream. On the other, I was puzzled as to why a seasoned Hollywood producer and Emmy award winner would be interested in the work of a hitherto unknown author.

Grunfeld explained it to me thus: it had long been an ambition of his to create a film about the secrets of the Silk Road. Moreover, he had spent a lot of time searching for a literary work that could serve as the basis of a screenplay. Alas, over the years, this producer visited several countries, but had still not found any material for the kind of film he had in mind.

All the stories showering down (from all sides), did not resonate with his idea of a potential Hollywood masterpiece.He had almost lost hope in finding a fitting plot, when he suddenly, and unexpectedly, came across *Guardian of Treasure*.

And so, a miracle happened! Grunfeld contacted me and said: "I have found what I've been looking for all these years." Upon hearing these words, I threw myself into the project, putting whatever financial resources I could into preparing the material for a screen adaptation of my work.

It appeared everything was on course for success, until contractual discussions began between the producer and myself as the author of the book.

The contract (attached)appeared opaque – I could not find any stipulated timeframe for the creation of a film adaptation of *Guardian of Treasure*.

For this reason, I did not sign the contract, and my encounter with Hollywood has remained something of a conundrum.

Attachment:

Agreement dated as of May 30, 2011 between G & G Entertainment, Inc. dba Laureate Films ("Laureate") for the services of Gabriel Grunfeld ("Grunfeld") and Mikael Boubel aka Maksim Korsakov ("Korsakov") in connection with the development and production of a theatrical motion picture (the "Picture") to be based on the book entitled "Guardian of Treasures" written by Korsakov and published by Liberty Publishing House (the "Book").

1. Korsakov warrants and represents that he is the sole owner of the Book and all rights, title and interest in the Book and has full authority to enter into this agreement.

2. Grunfeld shall exclusively negotiate all deals for the development, financing, production and exploitation of the Picture and all subsequent motion pictures based on the Picture or the Book for a period of five (5) years starting on the date above which shall be automatically extended for one (1) year if Laureate is in active negotiations on the Picture.

3. Korsakov has the right to approve the terms of the option at purchase price for the Book provided that Korsakov agrees to accept terms within customary parameters for the United States motion picture industry taking into consideration the intended budget of the Picture. Korsakov, on behalf of the company described in paragraph 4 below, agrees to enter into a written agreement with the financier of the Picture conveying all rights necessary and customary for the development and production of the Picture and subsequent motion pictures and related rights on the agreed upon terms.

4. Korsakov, through Grunfeld, shall have reasonable access and input during the development and production of the Picture provided Korsakov understands and agrees that the financier's decision is final in all matters.

5. It is understood that Grunfeld shall either write, co-write or supervise the writing of the script for the Picture pursuant to the rules of the Writers Guild of America Basic Agreement ("WGA"). On or before July 30th, 2011, Korsakov shall form a U.S. company (to be named Treasure Productions or, if that company name is not available, a company name to be determined by Korsakov) which will promptly become signatory to the WGA and Korsakov agrees to transfer the rights to the Book to that company.

6. This agreement contains the entire understanding of the parties and cannot be amended or changed except in writing signed by all parties. This agreement is governed by the laws of the State of California, U.S.A.

ACCEPTED & AGREED

G & G Entertainment, Inc. dba Laureate Films
By: Mikael Boubel aka Maksim Korsakov
Gabriel Grunfeld, Its: PresidentLaureate Films
833 N. Lima Street, Burbank, CA 91505 323-655-3611 ggrunfeld@mac.com

Dear readers, it gives me great pleasure to introduce to you my story Guardian of Treasure.

The literary series Secrets of the Great Silk Road:
Part one *Guardian of Treasure*

"Maxim Korsakov's story grips you, like a film. It is, essentially, a finished cinematic work. The book is extremely vivid, dynamic and uncommonly visual. It is a genuine pleasure to read, and has every chance of becoming a silver screen hit."

— Dale Reynolds,
American playwright and screenwriter

PART ONE
GUARDIAN OF TREASURE

Chapter I

A MISSION OF STATE

Starting my new life in America, I was hoping to get rich quickly by using my business and personal contacts.

I never severed the ties I had with Kyrgyzstan, where I had spent most of my life and where I still had many close friends and relatives. One of the most trusted among them was the Government Adviser. Not only was he someone I could trust, but he was a man of great influence and power.

There are many beautiful places in the world, although few that are magical. Kyrgyzstan is a fairytale – a fairytale imbued with magic. As with anything that is eternally beautiful, this fairytale is not easily accessible. No major sea routes come anywhere near Kyrgyzstan and it is far from the network of highways that crisscross the modern world. You could even say this small country is hidden – protected from the outside world by the Tian-Shan Mountains. Yet, within this secluded country untold wealth is concealed high in the mountains and deep below the ground. Scientists say that Mendeleyev's entire periodic table of elements can be found in the geology of those beauties making up the eternally snow-covered mountain ranges that form a fanciful ring around Kyrgyzstan. And the most exceptional beauty of them all are the two ranges encircling a pearl of nature – the mile-high Issyk-Kul lake.

Kyrgyzstan is beautiful – indescribably beautiful. The Tian-Shan, Chinese for "Celestial Mountains," is a magnificent range that seems to have been created by nature to be the center of the universe. Towering mountains cover two-thirds of the country'sterritory. Some of them reach heights of 5,000-7,000 meters. Their white glacial caps penetrating into the heavens. The hot sun of the southern latitudes does constant battle with the ice. Once vanquished, the ice trickles down the slopes in clear mountain streams, which merge into mighty mountain rivers, gaining force as the chunks of ice and snow continue to melt. Each river represents the congregation of hundreds of little streams.

What awaits them down below in the valley? A mirror-like smoothness of clean, pure water, like mountain crystal, receiving their waters: reflecting the peaks from which they came. This mirror is Issyk-Kul, a unique mountain lake, the pride of Kyrgyzstan.

It was the first day of independence in Kyrgyzstan. The people were rejoicing. The newly elected Parliament had approved the national symbol of Kyrgyzstan – the national flag.

The phone rang. It was a call from Bishkek. At the other end of the line was the Adviser.

"We know that in America they produce national flags to the highest international standards. Help us please. This is a mission of state."

I gladly agreed. A short time later, a representative of Kyrgyzstan arrived. His name was Viktor. He arrived in a state of agitation and excitement. He radiated pride in the responsibility placed on his shoulders. In one of the envelopes he carried were sketches of a new flag for Kyrgyzstan, which, as he explained, had been approved by the Republic's Parliament only the day before.

I asked Viktor whether or not the Republic had money to pay for the flags?

"No problem!" was his exultant response.

He held up an envelope he was holding.

"What's in the envelope? Could it really be hard currency?" I asked. He shook his head.

"No. Gold."

"Gold?" I was taken aback. "How could you have taken it through customs?"

"It was no problem," Viktor chuckled. "These are secret maps of the Republic's gold reserves – among the largest deposits in the world. Our Republic is one of the richest and, naturally, we will find the means to pay for this critical State commission. With this envelope, I hold in my hand millions and millions of dollars. We know it will be very expensive, and you will be generously rewarded."

"I will receive millions of dollars for carrying out this commission?" I found such sentiments hard to believe.

"Yes," Viktor stated confidently.

"Oh!" my American partner, Fred Turner, and I exclaimed in unison. "We will do everything we can to carry out this commission as quickly as possible."

Viktor guaranteed I would be compensated for my efforts in carrying out the mission of State with a substantial honorarium.

A week later, the flags were ready. Not just one, but three flags had been produced on a "rush basis" by one of the finest producers of official State symbols: a company that counts many of the nations of the world among its customers.

With a tremor and the greatest sense of joy, I held a huge cloth in my hands. The flag was magnificent: on a red background, a sun and a yurt, a golden yurt – a symbol for people reaching back through the depths of time.

"A very beautiful flag," I thought to myself. "The most beautiful flag in the world!"

The Kyrgyz envoy was equally pleased.

"Don't worry. You'll get your compensation. It will be big, very big. The Republic's gold guarantees it."

I was absolutely sure I would get my honorarium very

soon. But that was not to be. Why didn't this happen? It was the result of a series of improbable and inexplicable occurrences. The first of them was the unexpected disappearance of Viktor, who had brought the map of Kyrgyzstan's gold reserves to America.

Chapter II

A CALL IN THE NIGHT

Viktor was missing. I was frantic with worry. Two days had passed since I put him on a flight, but the car sent to meet him at the airport in Bishkek had returned empty. This extraordinary development was no small matter, since it meant the disappearance of a man who had knowledge of the secret gold maps of the Republic of Kyrgyzstan.

Two more weeks passed. Searches were organized. Investigators combed every centimeter of every apartment, every possible place he could conceivably be. Yet, Viktor had disappeared without a trace.

Another three months passed. There was alarm on both sides of the Atlantic – in Kyrgyzstan, to which he was supposed to return, and in America, where he had carried out a special assignment for the government. Further painstaking searches brought no results whatsoever.

March 15, 1992, 1:00 in the morning. I was in my apartment, unable to sleep. Gloomy thoughts were clamoring in my head.

"What happened to Viktor? Is he alive?"

Three o'clock in the morning. Insomnia. The same thoughts. Although, suddenly there was a sharp, jolting sound, like the lash of a whip. It was the telephone. Its ring burned through the sleep that had finally overcome me like a hot iron. I grabbed the phone. Could it be something about Viktor? At first, there was silence on the other end, and then an indistinct noise. It even seemed to me that I could hear the crashing of ocean waves. Immediately, I heard a voice – the voice I had been waiting to hear for three months.

"Maxim! It's me – Viktor!" At first I was dumbstruck with joy.

"Maxim! It's me, Viktor! Why aren't you saying anything?"

"Where are you?"

"I'm in Istanbul, alive and well. I'm sitting on the banks of the Bosphorus enjoying the view of this magnificent strait and drinking beer."

"What the hell!" I exploded. "Why didn't you contact us for more than three months? Where were you?"

"I signed a contract with the Khan of Kokand."

I had been prepared for anything, although not this. Viktor's answer stunned me. Either he was drunk or somebody was holding a pistol to his head.

"What kind of nonsense are you talking? What contract with the Khan of Kokand, who died years ago? It must be one of two things: either you've been taken hostage or you're drunk as a skunk."

"None of the above," replied Viktor in a serious tone. "I'm living in a luxury hotel with bodyguards. Also, there really is a contract with the Kokand Khan in my briefcase."

Could it be that Viktor was not joking and there really was a living descendant of the Kokand Khan? It is difficult to convey the thrilling effect this news had on me. I spent part of my childhood in Kokand, which is in Uzbekistan, the Republic that neighbors Kyrgyzstan. I still had many dear friends in the area.

Viktor went on to tell me what happened to him when he arrived in Bishkek.

Chapter III

A HIGH-ALTITUDE KIDNAPPING

As soon as Viktor exited the plane, he was approached by a military officer who said that he had been asked by the government of Kyrgyzstan to take him via helicopter to a place where officials were waiting to express their gratitude to him upon the successful completion of his mission. Viktor was not surprised – this was the way his Ministry operated!

The MI-8 helicopter made a rapid ascent, its powerful engine chopping the air with propeller blades as it carried Viktor along a course that was unfamiliar to him.

"Where are we going?" he asked the officer. "To the presidential palace?"

"No, to the president's mountain retreat."

This also did not surprise Viktor. The country's leadership usually spent Sundays out of town.

Havingbeen in the air for two hours, the helicopter was heading deeper and deeper into the mountain peaks. Of a sudden, a radiant brightness appeared below – the pearl of Kyrgyzstan, the Issyk-Kul lake. At this point, the helicopter pulled away from the lake toward a mountain ravine that could be clearly seen from above. A mountain stream cutt through the steep cliffs. The helicopter banked sharply. "This is dangerous", Viktor thought to himself. "I wouldn't want to crash on these cliffs!" A combination of terror and excitement took his breath away. Eventually, they landed on a high-elevation ravine - what the Kyrgyz call a "syrt", a picturesque vale carved out of mountain peaks by the forces of nature.

Viktor stepped out of the helicopter and looked around. About a hundred and fifty meters away, he saw a tent, or rather a yurt. People were scurrying around the yurt, horses were grazing nearby, and to the right, where a road stopped abruptly, there were cars parked.

The officer made a gesture, indicating that Viktor should go to the yurt. As he approached it, two men came up to him. He assumed these men were part of the presidential security detail. When he was asked to stretch his arms out in front of him, Viktor thought, "Naturally, they want to search me to make sure I'm not armed". However, something unexpected happened – handcuffs snapped shut on his wrists.

"What's that for?" was all Viktor could think of saying.

"Quiet, Mr. Isayev," was the response. "You are now prisoner of the Khan of Kokand".

"The what?" Viktor exclaimed. It occurred to him this might be a joke. "Take me to the president of the Republic of Kyrgyzstan!"

"Don't believe me? You will now!"

A sharp pain radiated down his entire back. Viktor understood that he was being lashed with a whip. This was no joke. He was a captive: a captive of the Kokand Khan.

He was brought into the yurt. In the center of the interior sat a very old man with a kind face, certainly not the face of a villain. He was drinking something and eating meat.

"Have a seat," he said, indicating the pillows right next to him.

The guards roughly pushed Viktor toward the place that had been prepared for him. All he could do was submit and wait to see what would happen next. Nobody said a word. Viktor's host took his time eating and drinking. Concluding his meal, he offered his guest a piece of meat. Viktor held up his hands to show the handcuffs. There was a nod toward the guards and his handcuffs were removed.

"Help yourself, Mr. Isayev," his mysterious host encouraged him. "You must be hungry after your long journey."

Viktor was not interested in food.

"Who are you? And why am I here?"

"Where is the map that you took to America?"

"What map? Who are you, after all?"

"I am a descendant of Madali, Khan of Kokand," was the calm, dignified reply. "You took a map to America that belonged to my great grandfather, a map that belongs, therefore, to my family. I demand you return it."

"What are you talking about? It's true I took a map to America, but this map was developed by Kyrgyz state geologists, and it shows deposits that would take millions of dollars to extract! It wasn't a map of some ancient golden treasure!"

Viktor was utterly bewildered. He had no idea what was going on. Why would a descendant of the Kokand Khan be so interested in such a map?

The representative of this illustrious line watched Viktor calmly as he played with his whip. The only reaction to Viktor's words was a fleeting smile.

"You are very much mistaken, Mr. Isayev. Purely by chance you took to America not one, but two maps. The folder you were given by the State Archives contained not only the large map, but a smaller diagram included with it by accident. This was is a map, although not a map of the gold reserves of Kyrgyzstan. It is a map showing the location of the golden treasures of my revered great grandfather."

Viktor could hardly believe his ears. This sounded like some kind of fairytale. How could this have happened? Was he being tricked, or put to some sort of test? Additionally, why was this fellow trying to pass himself off as the Khan of Kokand? Who was he really? Viktor wanted to ask thus question out aloud, but he did not have the opportunity. The handcuffs suddenly snapped shut on his wrists and he was quickly taken from the yurt.

Chapter IV

AN AEOLIAN DUNGEON

It was already night. The moon shone brightly. "A full moon," Viktor observed, taking in its beauty. The intoxicating air of the mountain vale filled his lungs. Yet, he would not be communing with nature for long. Soon, he was pushed into a jeep and taken off into the darkness.

A mountain road at night. The light of the moon blocked by the surrounding peaks. Pitch darkness all around: an impenetrable gloom. The only thing visible being a tiny patch of road captured by the headlights. It was frightening, very frightening, especially for someone taken by strangers to an unknown destination. Viktor was gripped by a cold, oppressive terror. In addition to the tightness around his wrists from the handcuffs, he felt a tightness in his throat, as if his neck was also bound, making it difficult to breathe. Finally, the jeep came to a stop.

"Get out," said one of the guards. "This is where you'll be staying until you learn how to talk to the great Khan."

"To hell with your khan!" Viktor was about to explode. "Let me go!" However, he managed to stop himself when he felt a push to his back. This was his order to move forward. After a few steps they stopped him. Before him gaped a black hole. "What's that?" Viktor asked himself. "Looks like an entrance to a cave." He was not mistaken. A figure emerged from the hole and Viktor was silently passed from one set of hands to another. His new escort introduced himself:

"Said. I am your new master. Now you will live with me. Let's go!"

The cave into which Viktor was led turned out to be a natural cavern, carved out of the mountains by millennia of wind and water. "Aeolian temples!" Viktor recalled an article he had read about such caves. Aeolus – the god of wind in Greek mythology – was the creator of these strange, otherworldly and rather eerie structures. "These are creations not of the hand of man; they are not the carving of a sculptor. They are miraculous creations of nature," the article had stated.

His musings were interrupted by Said, who ordered him to turn to the right. The cave ended, and they exited onto the opposite slope of the mountain.

"Why is it so cold?" Viktor was bold enough to ask Said.

"We're very high up. There are glaciers nearby."

"Glaciers?"

"Yes," Said confirmed morosely. "You will live in an ice chamber. This prison belongs to the great Kokand Khan."

They approached a great sheet of ice, into which was carved a space that really did look like a jail cell.

"I don't want to live here!" Viktor cried.

"You'll be released just as soon as you learn how to talk with our sovereign."

With that, Said slammed shut something resembling a door. Viktor was left alone in the chilling darkness. After a moment – whether from cold or terror – he lost consciousness.

Chapter V

AN HEIR TO UNTOLD RICHES

Viktor awoke to a bright light. He had no idea how much time had passed. An hour? A day? A week? A month? Said was hovering over him.

"Get up! Out!"

Even the slightest movement seemed impossible. Said grabbed Viktor by the legs with his strong, bony, hands and dragged him out of the icy prison as if he were a sack of potatoes. The glaring rays of the sun were blinding. Tears started to stream down Viktor's face. The sunlight, magnified by the polished facets of the mountain glacier, burned him like a laser. How powerful is the mighty force of this natural laser – the sun reflecting off mountain peaks!

Viktor, trying to open his eyes, saw a whip in Said's hand. It was raised above him and just about to come down. One blow followed another. The pain! Why were they always beating him with a whip?

"Get up," said Said. "Or it'll get worse."

With all the strength he could muster, Viktor crawled rather than walked. It was all he could manage.

"Good for you!" Said remarked cheerfully. "You're moving in the right direction. Our sovereign is waiting for you. He's not far away. He made a special trip to come and have a talk with you."

Their "sovereign" was waiting on the opposite slope. Viktor learned this only after he had crawled on his knees through the entire tunnel of the Aeolian temple, urged on by Said's merciless whip.

"Well, did you have a restful night?" asked the descendant of the Kokand Khan.

Viktor was unable to speak. He broke down in tears.

"Let me go home, great Khan! I didn't take any map of the treasures of the Kokand Khan to America."

"No?"

A loud, sharp cry pierced the ravine followed by countless echoing reverberations. "No! No! No!" pulsated through the air like the aftershock of an explosion. The force of the echo shook Viktor to his core, as if a bomb had exploded right next to him. "Who was shouting like that?" he wondered. The Khan was a soft-spoken man - the prisoner remembered from his last encounter. Nevertheless, looking through his tears at the face of the man who called himself the Khan of Kokand, Viktor realized it was indeed this soft-spoken man who was generating the thunderous sound.

"Everything has been taken from me – power, riches. Now they just call me Turgun, or Tolya in Russian. I'm no Tolya, and I'm not Turgun! I'm Mohammed Ali, great grandson and heir of the Kokand Khan. Mohammed Ali, or Madali, as he was called. My great-grandfather was the most powerful of all the Kokand Khans. It was he who made the Kokand Khanate powerful, who captured vast territories. He took the throne at the age of twelve and never bowed down to anyone."

Mohammed Ali told Viktor his story. At first, he spoke quietly. Viktor was struck by how melancholy and even helpless he seemed. His voice betrayed the depth of pain he felt at losing his riches and, at the same time, nostalgia for his childhood. He started his story from his earliest memories.

"I was around one-and-a-half or two. I lived in Kokand with my great-grandmother, the last wife of the great Khan Madali. I don't remember my mother or father. The Bolsheviks did away with all my relatives. My great-grandmother was very, very, old and loved me very much. She put all her heart into caring for me."

"'You are a great khan, heir to the once-mighty Kokand Khanate. That is what you have always been and what you will always be, whoever might be in power – the Soviets or anyone else. The blood flowing through your veins is the blood of an illustrious line. It can never be Soviet blood or Bolshevik blood. It demands you take your place in the Universe – that you stand at the head of the people God has entrusted to you. Sooner or later you will ascend to the throne.'"

"This was what my great grandmother taught me. Yet, in school, with my friends, I was just a poor boy – Turgun-Tolya. I lived a double life. At home, with my great-grandmother, I was a khan, whilst at school, or on the street, I was a Pioneer and a Komsomol member.

"The time came for my great-grandmother to leave this world. I was seventeen by then, and I had grown into a strong, sturdy youth. The girls went crazy over me. I had a strong body and an inner pride at being the descendant of a great family, which gave me a sense of fearlessness.

Great-grandmother's last days had finally arrived. She was leaving us, slowly fading away, yet she still had her wits about her. I didn't leave her side, day or night. She told me many interesting things – about her youth, about life in the Khan's palace, about the Khan's great military victories, about the intrigues and conspiracies of his courtiers.

Curiously, of all her tales, the one I best remember was the last one: the one she told me right before she closed her eyes for the last time. She raised her weakened arm in a sign that everyone except myself should leave the room.

"'Listen, my child,' she whispered. 'I will tell you a great secret. Don't write anything down, just commit it to memory. Your great-grandfather left you vast, incalculable riches

— treasures he accumulated over the course of his rule, taken from the peoples he subjugated.'"

"'Treasure? Where is it?' I tried to ask. "'Be quiet and listen!' she commanded. Here is my great-grandmother's story."

The treasure is hidden not far from here. It's not in Kokand itself, but in a territory formerly ruled by the Kokand Khanate. Your great-grandfather was a great ruler and very strong man, even though he had one weakness – gold. He brought caravans of gold from every land he conquered. Over long years of rule, he accumulated untold treasures, and many knew about this – both his own courtiers and his eternal enemy and rival, the Emir of Bukhara, Nasrullah. Indeed, Madali Khan was envied and hated by many. Be that as it may, your great-grandfather was a very smart man. When the situation became dangerous, he decided to remove his treasures from the capital of the Khanate. He didn't trust his viziers. Further, the courtiers surrounding him were always ready to betray him, take over his riches and grab the throne for themselves. Once, late at night, the great Khan asked my advice.

"What should I do? Where can I hide my treasures?"

What could I tell him? I was completely devoted to him, but I was very young and didn't know much about the intricacies of court life. I said to him, "Great sovereign! Talk to the court astrologer. Next to you, he is the wisest person in our Khanate; he will give you the advice you need."

The great Khan made no response and left for his quarters. He didn't say anything to me that night, although in the morning I saw the palace guard escorting the astrologer to him. That was it! Your great-grandfather never said another word to me about the treasure – not until two years had passed. Sensing his impending death at the hands of the cunning Nasrullah, he then spoke to me again about the gold.

"You know, Farida," he said, "I followed your advice and summoned the astrologer. He listened to my request and promised to answer me in the morning, after he consulted the stars.

"'Well, what did the stars tell you,' I asked him in the morning.

"'The stars told me,' he replied, 'that within your khanate, under your authority and under your protection, live the descendants of a great people. They are a beautiful and strong people, great horsemen and fearless warriors.'

"'Who are they? There are many peoples under my protection and authority.'

"'The Kyrgyz!' replied the astrologer. 'The Kyrgyz are strong and valiant warriors. They live high in the mountains. These mountains are a natural fortress. It is not a simple matter to subjugate this proud people. That is where you should hide your gold - amongst them. The stars indicated one place in particular. Last night Sirius, the brightest star of the Canis Major constellation, pointed to the Issyk-Kul lake. There, and only there, will your treasure be safe.'

"'Yet, how will my descendants find it amidst those impenetrable ravines?'

"'I will draw you a magical map. Only those who know how to decipher this map will be able to use it to find your treasures.'

"'It's not so hard to decipher a map,' I objected. 'Many a wise man has tried to create an indecipherable treasure map. However, there was always some audacious adventurer to figure it out and find his way to the treasure.'

"'No, my map will never be deciphered by such adventurers.'

"'Why? What is special about it?'

"'This will not be a simple map. This will be a nonsensical map. A map of deception.'

"'Nonsensical?' I grew indignant. 'What kind of nonsense can be permitted in my khanate? Everything must obey the laws of logic and strict order. In my kingdom, it is not nonsense that rules, but the dictates of order – of my order.'

"'Hear me out, sovereign,' the astrologer implored. 'You are an emissary of Allah, and your earthly command is the will of God. Nevertheless, this will be a nonsense map, because a map built on logic will sooner or later be deciphered by the adventurers you mentioned. Yet, a map built on nonsense will never be deciphered by anyone other than those to whom you give the key to making sense of this nonsense.

Moreover, the secret is a rather simple one. On the map will be a clear command regarding what to do and where to go: showing a route, distances, and landmarks. Whoever has this map will have no trouble following the instructions. Even though he will not find the treasure.'

"'Why? Why won't he find the treasure? He will be following your instructions!'

"'He will not find the treasure because it will be a nonsense map. He who finds the correct path will be the one who does not obey the command, but does everything backwards. He alone will gain possession of the treasure. The person who knows that the map is nonsense. For now, you are the only one who knows this.'

"I was struck by the wisdom of the astrologer,' the sovereign concluded his story."

"My great-grandmother closed her eyes. She was exhausted after so much talking.

"'Where? Where is the map?' I couldn't restrain myself from crying out. 'Who has it now?'

"My great-grandmother did not immediately reply. First, she told me how the Khan had died. The short but turbulent life of Madali was spent in ceaseless wars, through which the Kokand Khanate significantly expanded its territory, worrying its powerful neighbor, Nasrullah, the Emir of Bukhara. Initially, Nasrullah attempted to overthrow Madali through various stratagems: exploiting the enmity between Madali and his brother for this purpose. He then assembled an army and attacked Kokand. As often happens, a portion of Madali's courtiers betrayed him and went over to the side of the enemy. Emir Nasrullah, who was known for his cruelty, executed not only Madali and his sons, but also his wife. This happened in 1842, when Madali was only thirty two.

"'The map was stolen by the Bolsheviks during the revolution, and now it is being held in a secret archive in the capital of Kirghizia,' my great-grandmother informed me.

"'But they have probably already found the treasure?'

"'No, they did not. Although they spent many years trying, it was all in vain. They followed the instructions indicated on the map, followed them to the letter - exactly what was written there. Nonetheless, there was no treasure. Tired of looking for it, they placed the map in an archive and left it hidden there: placing little store in it. However, the treasure did exist and still exists. The Bolsheviks simply didn't know the key to reading the map. There were only three people who knew this: your great-grandfather Madali, the astrologer, and I. And now you, the great-grandson of the ruler, knows.'

"'Find these treasures, and they will restore your wealth and power.'

"Those were my great-grandmother's last words."

Chapter VI

THE GOLDEN CONTRACT

Sovereign, permit me to ask two questions," said Viktor, his eyes bright with excitement from what he had just heard. "I have read that sometimes treasures rumored to have great value turn out to be very disappointing. Could that be the case with your patrimony?"

Mohammed Ali proudly raised his head, and despite his advanced age, he now really did look like a great ruler. His eyes shone with confidence in his power and righteousness.

"I told you only a portion of what I learned from my great-grandmother, the most important part. But I additioanlly learned from her that my treasure is priceless. One portion of it consists of gold coins, altyns, that belonged to Suleiman the Magnificent. I hope you have heard of him. Have you ever seen a golden altyn?"

"No," Viktor shook his head.

"You can't imagine how beautiful they are. They were produced by the greatest masters. You can look at them for hours without tearing your eyes away. Their beauty is overpowering. When I was a child, great-grandmother would give me a magnifying glass and I would spend days and nights admiring several coins that she had managed to keep. The thought of them gives me no peace; I dream of them at night. Great-grandmother also told me that beside gold, the treasure included some very ancient books and scrolls taken from vanquished lands. Yet, they don't interest me. All I want is the gold."

Viktor listened, captivated. It all sounded believable. Every tale and legend he had ever heard about the treasures of Issyk-Kul swirled around in his head. There were many of them. He had heard people talk about them and read about them in books, magazines, and newspapers. There was the golden treasure of Genghis Khan, the golden treasure of Ivan the Terrible, the golden treasure of the Knights Templar, and many others. True, he had never heard of the golden treasure of the Kokand Khan. But perhaps this was the most likely to actually exist, since it had been such a well-kept secret.

"And what is your second question?" Mohammed Ali interrupted his musings.

"I have read in various books that sometimes there is not only the original, but many copies of a map. Do you think there might be somebody else competing with you and searching for the same treasure?"

"No, the astrologer made certain that wouldn't happen. He was a very learned man.

He made an original, which cannot be copied. Only by using the actual map he created can the treasure be found".

"How is that possible?"

"That is something we will never know. The astrologer did not share this secret with anyone; he took it with him to the grave."

Despite his weakened physical state and somewhat clouded consciousness, this story made a profound impression on Viktor. The strangest thing was that he did not doubt Mohammed Ali in the least. Whether this was because Mohammed Ali possessed some hypnotic powers, or because the onslaught of events had put Viktor in a sensitive state of mind, from this moment onward he saw himself as a subject of Mohammed Ali, Khan of Kokand. He fully submitted to his will and simply uttered:

"I will do everything you ask, my sovereign."

"Mr. Isayev, right now I have no khanate, I have no palace, so I cannot give you a position within my court. You are a man of the world, and I am too. I will enter into a contract with you."

"What kind of a contract?" Viktor asked in confusion.

"A contract to search for the treasure of my revered great-grandfather."

"Help me find the treasure, and Mohammed Ali will reward us both," came Viktor's plea over the telephone lines.

"Send me the map that Fred Turner has."

"Call me tomorrow," I replied. I hung up the phone.

I was in shock. It had been a long-held dream of mine to come to the West and get rich, to become a millionaire. Now fate was presenting me an opportunity to do just that. Of course, there was the question of whether or not everything Viktor told me was true. Still, it seemed better to take a risk than to let such an opportunity slip through my fingers.

March 15, 1992, seven in the morning. I place a call to Fred Turner. Hardly able to contain my excitement, I explain to Fred I need the map that the envoy from Kyrgyzstan left with him.

"I just want to see something – out of curiosity."

"No problem. Come and get it."

Eventually, the envelope of documents from Kyrgyzstan was in my hands. I carefully checked document after document – mostly dry geological reports on the Republic's mineral and gold reserves. Nothing interesting. Then, suddenly – what was this? There was a sheet of paper fastened to the map of deposits with weird symbols, drawings, and inscriptions in an unfamiliar language.

Several hours later, I held the translation in my hands. Here it was – the map. While it looked simple, like a diagram, it was surely the map in question. The legends provided clear and understandable clues. Coincidentally, I knew the area it depicted well. This was the basin of Issyk-Kul.

The great khan really had followed the astrologer's advice. From this moment on, I was deprived of calm and sleep. I awaited the call from Istanbul with impatience and fear – with impatience since I was dreaming of getting rich as quickly as possible; with fear because I did not know how I should respond to Viktor's proposal. Should I get involved in an alliance with the suspicious-sounding Mohammed Ali? After all, it was possible he truly descended of the Kokand Khan, although that did not seem likely – not likely at all.

What should I do? What should I say to Viktor?

March 16, 1992, 5pm. The telephone rang. With a clammy, trembling, hand I grabbed the receiver and quietly answered.

"I'm listening."

Viktor's tone of voice was demanding.

"I hope you have the map."

"Yes." I decided to tell the truth.

"Then tell me what's written there!"

I was taken aback by his presumptuousness. "Why is he bossing me around?" I thought to myself, even though this was not what I said.

"How much will I be paid for this? In dollars?"

Now it was Viktor's turn to be silent. Finally he said, "I'll call you back in a few days and let you know."

Chapter VII

TESTAMENT OF THE ANCIENT ELDER

Kokand. January 1875. A cold wind was howling through the deserted streets of the city, where the only signs of life were hungry strays. It had already been more than a year since the once-mighty khanate had been plunged into turmoil.

In a small adobe hut at the edge of the city, the great astrologer of the illustrious Madali, Khan of Kokand, lay dying. Gray and amazingly handsome in the light of the moon, which shone through a little window. He was lying on blankets arranged on a clay floor. A candle illuminated a young woman of exceptional beauty sitting by his side, her legs tucked beneath her. Her eyes were black and sparkling, like olives. Their brightness rivaled that of the moonlight in this dark little room.

"Fatima, my child," the dying astrologer said to his

granddaughter. "I will soon be gone, gone, forever, Yet, before I depart, I must tell you a secret. I am not leaving you any inheritance beside this miserable hovel, but I will tell you how you can find untold riches. I once made a map showing where the treasure of the great Madali Khan lies hidden. Listen to me carefully and remember everything I tell you. In one of the ravines of the mountains surrounding Issyk-Kul, a ravine they call Borskaun, there is a small mountain terrace split in two by a stream. The secret of the treasure of Madali Khan is hidden there. Will you remember that? Repeat it back to me!"

The astrologer closed his eyes and listened as his granddaughter repeated his words back to him.

"That is correct," he said. "This place is thought to be cursed. Two stone sculptures resembling monsters stand there. The local population calls them evil spirits. It can be truly terrifying when the wind blows down from the mountaintops. It roars like a thousand dragons as it hits the surrounding cliffs. At such moments, it is frightening, very frightening. On the map I gave to the sovereign, these two stone sculptures are shown and the instruction is written: 'Take a rope of the sort used to bind caravan camel packs and stretch it between the two sculptures. At the halfway point of this rope, dig into the earth until you find a jar with a note inside.' Repeat it back to me. This is very simple."

He again closed his eyes. Fatima confidently repeated back what she had heard from her grandfather.

"How simple!" she exclaimed. "And in the jar there is a note explaining where the treasure is hidden. It reminds me of the fairytales you told me when I was a child."

The dying astrologer smiled.

"It is simple for those who have the key to thus secret. Nobody will find a jar there, because the map I drew for the sovereign was a map of deception."

"So what does that mean?" asked Fatima, taken aback. "How can the treasure be found?"

"Everything must be done vice versa – the instructions written on the map should not be followed. Firstly, one of the sculptures should be pushed over the precipice, and a hole should be dug where it stood. There a jar with a note inside will be found. Then, the second sculpture should be pushed over into the precipice and again a hole should be dug where it stood. Another jar will be found with a note. The two notes should be put together. They will provide the final instruction. The cursed place will forever be cleansed of evil spirits and people's fear will gradually fade. This is the will of God."

Stunned by what her grandfather had told her, Fatima did not say a word.

"Now you know everything."

"And what will be in this note?"

"What will be in the note? I will tell you. It is a long story. The Khan arranged a great caravan of gold and ancient books and scrolls. There were thirty five pack camels, one hundred and fifty camel drivers, and a troop of one thousand five hundred men to protect the treasure. This was a large army in those days. We traveled across valleys, deserts, and mountains to the sacred lake hidden high in the mountains. The stars showed us the way and we followed paths that were once part of the Great Silk Road. We faced many dangers over the course of our journey. But the treasure was preserved. When we drew near to the lake, I divided the treasure into three parts: into one, I placed the gold, into the second, I placed the ancient scrolls, and into the third, I placed the ancient books. Everything in this trove was valuable, although for me the most highly prized items were the scrolls: the authors of which were the wisest of the wise. These scrolls contain the secrets of eternal youth and immortality. Unsurprisingly, they were collected over many years of rule by Madali Khan and his forebears.

"Early one summer morning in 1840, after passing through the mountain pass at Boom, we entered the valley of Issyk-Kul. I believe this is the most beautiful lake in the world. More than eighty rivers flow into it. The water is crystal clear, like the tears of a child. When the sun sets, the surface of the lake changes from green into a scarlet red. The lake itself being surrounded by a golden chain of mountains. Interestingly, throughout this entire chain there is only one entrance and one exit. This is the Boom Pass, through which I led my caravan. The lake and surrounding area are filled with secrets and mysteries. I hope that someday you will see these things with your own eyes. However, I need to tell you where I hid the first portion of the treasure – the gold of Madali Khan. I lowered it onto the bottom of Issyk-Kul in specially sealed jars."

"Where? Where? In what part of the lake? After all, Issyk-Kul is very big!"

"Quiet, my child," the old man's feeble hand stroked the young woman's head. "I lowered it in a spot where an ancient city stands beneath the water, a city that was submerged many millennia ago."

"A city beneath the waters of Issyk-Kul? I have never heard of such a thing!"

"Few know of this. It would be better if I told you a legend. Once, many years ago, there was no lake, only a flowering valley and a beautiful city built of snow-white stone. This city was inhabited by two tribes, which were constantly feuding with one another, attempting to annihilate one another. Be that as it may, a handsome young man by the name of Chingiz grew up in one of the tribes, and in the other tribe there was a girl, the young beauty Aigul. They fell in love. Indeed, they loved each other so fervently, that the leaders of the tribes were moved by the strength of their devotion to make peace: forming an alliance so the young lovers could be together. Yet, this alliance did not endure for long and the blood feud erupted with new force. Sadly, Aigul saw her family and friends - as well as the family and friends of her beloved - struck down by heavy swords.

So, the brave young woman decided to put a stop to the carnage. She leapt onto the field of battle and cried out: 'Stop!' But nobody heard her. Undoubtedly, inflamed with the heat of battle, the warriors continued to massacre one another. All making Aigul tear open her chest and pull out her heart. With tremendous energy, therefore, she threw her warm heart to the ground. Immediately, the earth opened wide, allowing a powerful fountain of water to erupt: one which inundated the flowering valley and left the city under water. Some say the beautiful face of Aigul can still be seen on one of the peaks of the surrounding mountains as an eternal reminder people should live in peace. This is the legend, my child."

"And is it true?"

"I don't know whether it is truth or fable – that is not for me to know. However, the submerged city does exist, and on one mountain, if you look carefully, you can really see the profile of Aigul."

Fatima sat spellbound.

"And you deposited the gold into that underwater city?"

"Yes."

"And where did you put the books and scrolls?"

Tragically, the old man did not hear this question. He closed his eyes and departed our world.

Chapter VIII

NEW CLAIMANTS TO THE TREASURE

All this, I learned much later. But now, after Viktor's call, I was feverishly agonizing over what my next step should be. I could not sleep. Unexpectedly, the telephone rang. An international call! I grabbed the receiver and in agitation blurt out, "Viktor, is that you?"

"No, I'm not Viktor," a pleasant, feminine voice was at the other end of the line. "My name is Gulnara. I'm calling from Kokand."

"From Kokand?" My agitation did not permit a calm response. "What do you want from me?"

"I need the map showing the treasures of the Khan of Kokand," answered Gulnara calmly.

"What makes you think I have it? I don't know anything about any treasures!"

"I was informed you have it by an acquaintance, one

of the bodyguards of Mohammed Ali. You see, I am the great-great-granddaughter of the astrologer of the Kokand Khan, and it was his dying wish that I find the portion of the treasure he valued the most – the ancient scrolls..."

The line suddenly went dead.

"Some kind of hocus pocus," I thought. "First a descendant of the Khan, now a descendant of the Khan's astrologer." Again, the phone was ringing.

"Gulnara?" I gasped into the receiver.

"Are you expecting a call from your girlfriend?" a man's voice chuckled at the other end.

"Who are you?" I asked nervously.

"I am a descendant of the Emir of Bukhara, Nasrullah. My name is Suleiman. I'm calling from Samarkand. You have probably heard of this city?"

Not only had I heard of Samarkand, I had visited this amazing city several times. Its magnificent architecture and rich history captivating me: filling me with curiosity about the talented and learned people who once made this city great. I have long wanted to return to Uzbekistan, to drive through its blooming valleys, visit the pearls of its ancient culture – Samarkand, Khorezm, Bukhara, Khiva, and Kokand. The country's stunning landscapes, historical sites, ancient traditions, and warm hospitality is the stuff of unending legend. Situated in the center of the Great Silk Road, this city has also played a pivotal role in human history. Apart from beingthe site of many historical mysteries and puzzles.

Yet, Suleiman did not give me time to answer. Without waiting for a reply, he continued. "Samarkand was the center of many civilizations. My city can claim a history of three millennia. Great scholars, doctors, and poets have brought it renown. For many years, Samarkand was the capital of the great Timur. My forefather, Emir Nasrullah, added to its glory."

"And now we have Emir Nasrullah on top of everything else!" I groaned. "What do you want from me?"

My groan quickly turning into a sob. It was, when all said and done, too much for my nervous system. They were all trying to put the squeeze on me. First, there was Mohammed Ali passing himself off as a descendant of the Khan of Kokand. Then there was Gulnara, a descendant of the Khan's astrologer. And now there was Suleiman, a descendant of the Emir of Bukhara. Probably this was one big gang switching identities on me. In any case, Suleiman interrupted my thoughts.

"You have no reason to fear me. I will help you. I will save you."

What did he mean by that? I was really scared. Was I in danger?

As if he had read my thoughts, Suleiman said, "I know that that pretender, the one who calls himself the Khan of Kokand, is demanding the map of golden treasures from you."

"How do you know that?"

"We intercepted a telephone call you received from Istanbul. You may have been talking with your friend Viktor, but it was a call from Mohammed Ali's place. He was standing right there. He is a threat to you, a mortal threat. We are prepared to help you. We have been following the actions of this bandit for some time. Our agents, equipped with the latest surveillance technology, are following his every move as he searches for the treasure. Nowadays, he has you in his sights."

"What is he to you? Why are you so concerned about him?" I could not help asking, "Or are you also after the gold?"

"No, we aren't interested in the gold. Although, we are interested in the treasure. Rather, we're interested in the portion of the treasure that contains ancient books. One of the first khans of Kokand, Abdurahim, took advantage of a temporary weakness in the emirate of Bukhara, and in 1738 occupied Khorezm and Samarkand before plundering these cities and stealing many treasures. The most valuable of which were the ancient books of the Avesta. Do you happen to know what the Avesta is?" Suleiman interrupted his own rather excited speech.

"Of course!" I replied, somewhat offended he was unsure of the breadth of my knowledge. "Any educated person knows the Avesta is a sacred book of that ancient religion of the East – Zoroastrianism, written in golden ink on fine parchment."

"Do you know some of the earliest portions of the Avesta were composed in the lands between the Amu Darya and Syr Darya rivers, that is, in anareawhich became Samarkand? Alexander the Great stole a large portion of these books, even though my ancestors managed to hide and preserve several of them. Yet, it is these very same books (the value of which is incalculable), that were stolen by the cunning Abdurahim. Indirectly allowing, one hundred years later,his descendant, Madali Khan, to hide books of the Avesta in one of the bundles under transportation by his caravan. This wily fox sensed his days were numbered and that he would soon be called to account. Thusly, he prepared to depart. Even though he did not flee in time since Emir Nasrullah, my illustrious great-great-grandfather, had trusted agents in the Khan's court who informed Bukhara of Madali's plans. Hence, in 1842 my great- great- grandfather destroyed this jackal, foiling his plan to escape to the mountains. Strangely, however, the ancient books had disappeared. So, from that time to this, our family has been trying to return these precious tomes to their rightful place, to Samarkand, where they were written two thousand years ago. If you help us to do this, we will save you from Mohammed Ali and his gang."

"One adventurer will save me from the other?" I thought. "This gets more complicated by the minute!"

"Such a charitable offer deserves some sort of response".

"Call me back in a week," I said and hung up the phone.

After replacing the receiver, I started to march back and forth across the room in a frenzy, trying to make sense of everything that had happened - especially these last telephone calls. Apparently, there were three unconnected people intent of finding this treasure. The first was Mohammed Ali, who knew the treasure had been divided into three parts, although he claimed to be interested in the gold alone.

The second was Gulnara, who contended she was merely interested in the ancient scrolls. At which point a thought struck me. How wise and good the old astrologer had been. He made it his dying wish that his descendants find

the scrolls – not the gold. He knew any hunt for the gold would put them in terrible danger. The third was Suleiman, the descendant of the Emir of Bukhara. He was looking for ancient texts, the third portion of the treasure. Were any of them trustworthy? Either way, I was no longer afraid of these treasure-seekers. On the contrary, I sympathized with them. A sense of excitement filled my entire being and I looked forward to the adventures I felt sure lay ahead of me.

Chapter IX

ISSYK-KUL – THE KEEPER
OF ANCIENT TREASURES

Confessed so, the avalanche of information about golden treasure that had come crashing down on me (as a result of these telephone calls), raised doubts in my mind. I decided, therefore, to engage in a little historical research of my own rather than just trust what some adventurers and thrill seekers were telling me. I recalled the names of some historians I had met. I called one of them and he recommended I consult a specialist in the history of Asia, Oleg Kaminsky.

In which case, I decided to meet Oleg face to face. We drank coffee at his home. Indeed, he eventually invited me into his study, which contained a huge library of works on history written in a variety of languages. Most of the books were about Central Asia. Without hiding anything, I told Oleg my story, feeling I had nothing to lose. Surprisingly, Oleg took what I had to say seriously.

"I have spent my entire professional life studying the history of the Great Silk Road," Oleg began. "Countless mysteries of humanity are tied to this subject. I have even participated in expeditions devoted to the study of this route. Having traveled many portions of it by foot.

"From the east, the starting point of the Great Silk Road, was the city of Xi'an. The road reached deep into the West, all the way to Rome. The seven thousand kilometers separating Xi'an and Rome (a huge distance), was covered by caravans of camels.

"The main commodity carried by the caravans was silk, which was produced by Chinese master craftsmen under conditions of strict secrecy. The riddle of silk production being preserved for many millennia. As such, it was a great mystery. Forming, as it did, the basis for trade between the East and the West in the middle Ages.

"Kyrgyzstan was key to this route. Three branches of the Great Silk Road passed through it. This is why many settlements near the shores of Issyk-Kul underwent rapid development and became prosperous in the 7th century. The lake itself seen by the local population as imbued with mystery! Stories and legends about golden treasures at the bottom of Issyk-Kul, or in the territory surrounding it, were passed from generation to generation. In my personal opinion, there are more stories and legends about treasure associated with Issyk-Kul than any other place on earth," Oleg concluded.

This information made a deep impression on me, and I asked Oleg to tell me about the treasures in greater detail.

"In the early 13th century, the hordes of Genghis Khan descended on Central Asia. These ruthless conquerors rained death and destruction wherever they went. Captured and subjugated lands being pillaged and plundered. Naturally, those living around Issyk-Kul tried to save their riches: hiding them underground or underwater – thus, the abundance of hidden treasures. Yet, among all treasure tales of Issyk-Kul there are a few that stand out. Associated, as they are, with very famous historical figures, like Ivan the Terrible, or the Knights Templar. But one of the most famous is the treasure of Genghis Khan himself."

Oleg paused and took down a large book from his shelf. He showed me a page inside it.

"Have a look. Here is a map of the Great Silk Road. And this is Issyk-Kul."

The map looked otherworldly. It radiated the distant past. I could not take my eyes away from it, although Oleg's voice brought me back to the present.

"Many generations of treasure hunters have dreamt of finding the treasure of Genghis Khan, as well as his tomb, but their location remains a mystery. Huge financial resources and the latest technology – even satellite technology – have been marshaled to this effect. Archeologists have even sought the treasure and burial site of Genghis Khan in the deserts of Mongolia. They have searched for many years

- and they still haven't given up hope. Thus far, however, nothing has come of it. They're on the wrong trail, as many Kyrgyz experts in this area feel. Indeed, they're not looking in the right place – they should be looking around Issyk-Kul. These experts believe Genghis Khan's sons held two burial ceremonies: they pretended to bury him in Ordos in 1227, even though (under conditions of absolute secrecy), they actually sent his body - along with a vast treasure taken over the course of his conquests - to Issyk-Kul."

"Why to Issyk-Kul?" I asked.

"They didn't trust their own people. Furthermore, they were afraid the grave would be robbed."

"What happened afterwards?"

"After that, we don't have history to guide us, only legend. It's said Chagatai, the son of Genghis Khan who ruled most of Central Asia, dropped the deceased's casket into the depths of the lake, sinking his gold and jewels along with it. Additionally, Chagatai executed everyone who had witnessed this burial: cutting off their heads, which were piled up as a kind of burial mound along the shores of Issyk-Kul."

Oleg's recounting of all this was so inspiring I was transported out of the 20th century to a distant era. I even felt as if I was present at Genghis Khan's watery interment. "Great Issyk-Kul!" I thought. "What mysteries it holds!"

Shaken by what I had heard, I thought back to what my telephone acquaintances had told me about the treasure. Could there really be something to all this? It was starting to seem likely these treasures might really exist. I looked at my watch: it was already late. Oleg and I agreed to meet again to continue our conversation.

Chapter X

GULNARA'S GREAT SECRET

The information I had gathered about the treasure of Is-syk-Kul made it clear there was something to all this. However, why was it that Gulnara was only after scrolls? This question kept running through my mind day and night. Before long, I had my answer. The first of the treasure hunters to call me a second time was Gulnara. I put my foot down and even confronted her with an ultimatum.

"Gulnara, I will continue to talk to you under one condition. Explain to me why you're just interested in some ancient scrolls and not in the gold."

There was a long silence on the other end of the line. "Ah, ha," I thought. "I seem to have hit a nerve." Eventually, I heard her voice.

"Dear Maxim, what you're asking involves a close-ly-held secret, one that has been guarded by my family for many long years. In accordance with the dying wish of my great-great-grandfather, the astrologer of the Kokand Khan. Nobody else knows about it. Now, because of your demand, I must violate this wish."

"Go on," I urged. "Otherwise you won't get the map."

Again, there was silence.

"This is a great secret," Gulnara finally spoke. "The secret of a vanished civilization. And it involves extraterrestrials."

"What kind of nonsense is this?" I thought. "Extraterrestrials? She's read too much science fiction and she's going to confound me with some claptrap. Giving me the run around with her talk about great secrets." This is what I was thinking, but I said nothing. Gulnara continued.

"My great-great-grandfather was the only one who knew what was written on these ancient scrolls. Yet, let me digress. During one of his campaigns to Issyk-Kul, Khan Madali captured a small fortress high in the mountains, with an ancient tower standing in its middle. From the outside, this tower was nothing out of the ordinary. But as he was walking passedit, Madali noticed a glow came from a doorway that had been left ajar. He entered the doorway and found himself in a small chamber. What he saw astounded him: this light was coming from some ancient scrolls neatly stacked in the corner. Unfurling one of them, he saw inscriptions in an unfamiliar language and odd sorts of symbols. He was about to throw the scroll back into the corner, when, at that very moment, the glow ceased. Madali decided this was a sign: the scrolls had been waiting for him. After all, none of the warriors who had run passed the tower had noticed any light, or they would already have investigated. Madali placed the scrolls in his leather sack and, without saying anything to anyone, brought them back to Kokand.

"Madali spent long nights with these scrolls trying to decipher the inscriptions, although his efforts were in vain. Thus, he was forced to reveal his secret to the astrologer. First of all, because he was the most learned person at court, and secondly, due to the fact he was the only one the Khan could trust. Moreover, my great-great-grandfather knew his astrology. Thus, in one of the scrolls he found the key to deciphering the entire text - a key that had to do with the Milky Way. I don't know the details of how my great-great-grandfather broke the code, although I know what was written in the scrolls."

Chapter XI

DISASTER AT ISSYK-KUL

This disaster occurred many millions of years ago. A flowering valley that was home to an advanced civilization was suddenly submerged. How did this come about? It was the result of a conflict between father and son. It is an eternal conflict – it exists today and it existed a million years ago.

The distant planet of Centauria, which is part of the Milky Way, was inhabited by beings whose civilization was many millions of years ahead of Earth's. One day an expedition set out to explore our Solar System. Astounded by the beauty of what they saw, members of the crew decided to take a closer look at the planets that orbited our Sun.

As they explored the Earth, they found themselves in a lush valley, whose air was suffused with the fragrance of flowers. The place where the spaceship touched down is now at the bottom of Issyk-Kul, even though, back then, it was a flowering paradise. Paradise! The Garden of Eden and the cradle of our world's civilization all wrapped up in one.

"Earth! How it resembles our Centauria!" the commander of the newcomers exclaimed. "What a beautiful valley! What majestic mountains surround it!"

"Yes," another member of the crew agreed.

"This is a fine place."

These two were father and son. The father was in charge of the expedition and the son was his senior navigator.

"I want to live here," said the son. "I don't want to return home."

The father took him by the hand and said, "Centauria is our eternal home, because there the Great Law of Harmony is observed. What will be here, I do not know."

"We will observe the Great Law of Harmony," the son answered. "And this will also be our eternal home."

"Good," said the father. "Your wish is my wish."

This was the origin of Earth's first civilization. It developed in leaps and bounds. The knowledge and technology brought by the Centaurians, along with the latest achievements in scientific progress sent from their native planet, worked miracles. As such earthly civilization flourished and the first humans on Earth knew neither death nor disease. They observed the Great Law of Harmony, which had been discovered on their home planet of Centauria.

Time passed and one day the earthlings received word that another expedition had left Centauria for our Solar System. Finally, their spaceship landed in the valley: members of this new expedition being equally amazed by the beauty surrounding them. Meanwhile, this father and son were overcome with joy to have visitors.

At length, a discussion began between the hosts and their guests. Unexpectedly, the father realized he was having trouble understanding some of the things their guests from Centauria were saying. Many of the words were unfamiliar to him. "What's going on here?" he thought to himself. Then he understood. "Civilizations can undergo temporary disruptions in their development. Centauria has continued to advance, and we have fallen behind. We must take ourselves in-hand and not show we are angry or upset about this. The Great Law of Harmony does not permit evil. As soon as hate, anger, envy, or other negative feelings emerge, the Great Law of Harmony becomes violated. Thence, life will cease to be eternal and disease and death will afflict us."

He looked anxiously at his son wondering how he would react to this. Would he violate the Great Law? After all, both hosts and their guests were enjoying one another's company, while the hours were passing in pleasant conversation. Yet, the time to part rapidly approached. The expedition had been given the challenging task of visiting still other solar systems. In parting, however, the Centaurians showed no sign of sadness. At the end of the day, they were immortal and knew they would all meet again. Nevertheless, as father and son stood alone in the clearing from which the Centaurian spaceship had just left for the cosmic vastness, the overall mood changed.

"We have fallen behind, hopelessly behind, in our development," the son blurted out in despair. "I am no longer a full-fledged citizen of the Universe. Why did you bring me here? It is your fault!"

These words reverberated off the mountains and echoed throughout the valley. Bouncing off the rocky slopes, the sound waves rumbled like an explosion. That was it! The Great Law of Harmony had been violated. Words of discord and anger (words that should never have been pronounced), had been released into space. Harmony had been violated. The Great Law had been transgressed. The father looked at the son in dismay. He was infected with the virus of mortality. As a mortal,disease and impairment would begin to overcome him. What was to be done? According to their instructions, the father was now required to report what had happened to their command center on Centauria. The instruction was carried out. An order followed: everyone was to leave Earth immediately and return to Centauria. The father informed his son of this command.

"Father, I will not fly with you. My family and many of my friends want to stay here. We will not return to Centauria. Their level of development is beyond us."

"But this is an order!" replied the father.

"We will not obey this order," answered the son.

The father sent word to Centauria, "Some members of

our crew are refusing to obey your command."

Centauria set a deadline: by 17:00 hours (Universal Time) the entire crew, without exception, must leave Earth and return to Centauria. At that instant, a pinpoint beam would be radiated toward Earth like a needle and would pierce the layers of rock that formed the valley, reaching the underground lake encased beneath it. Through this artificial well, water would then erupt and inundate the valley. That was it – Centauria's final word. The command center did not tolerate refusals to follow orders.

The father again approached his son.

"Will you come with us, son?"

"No," was the answer. "We will go into the mountains."

"What can I do?" thought the father. "After all, he and his descendants will lose immortality, will suffer and die in pangs of agony. He is my only son and my love for him knows no bounds."

This was not the first time that Centauria had faced such a situation. There had been cases in the past when their fellow planetarians had violated the Great Law of Harmony, thereby becoming infected with the virus of mortality. Yet, they had been saved. Indeed, there is a way to destroy the virus of mortality, to overcome it and return to eternal life. This way is called prayer, but not ordinary prayer – it is meditation on the Great Figure of Harmony. This Figure consists of many angles and it is exceptionally beautiful. Whoever looks at the Figure, gradually moving their eyes from one angle to another, immediately experiences a sense of relief and is cured of any ailment.

Thereon, the virus of mortality diesand the gift of eternal life is restored. As commander of the spaceship, the father was responsible for members of his crew. He knew under extreme circumstances he had the right to give this great secret to those who needed his help.

"Here, take it," he handed his son a scroll with an image of the Great Figure of Harmony. This prayer can save you, if you observe it regularly."

These were his parting words. The following instant the spaceship, which had readied for takeoff, left the planet forever. A minute later the people left standing in the valley heard the sound of water. This was the underground fountain breaking through. The deadline set by Centauria had arrived and the valley started to fill with water.

The son placed the scroll given to him by his father in his shoulder bag and headed for the mountains. The others followed him.

Such was the end of Earth's first great civilization. And such was the origin of lake Issyk-Kul. Along with the reason for conflict between father and son.

After traversing the mountain pass, the remaining Centaurians separated into several groups. Each group choosing its own way. There were a few final minutes of parting, then everyone set out. Only the son and his family remained. Longing of a sort he had never known before unexpectedly overcame the son: longing for the valley where he had known great happiness. He decided to return there, even if it was flooded. Surely a patch of dry land could be found. His decision was made. At that very minute the secret of eternal life again returned to the valley, which now had the most beautiful of lakes.

Chapter XII

IN A TURKISH BATHHOUSE

I was stunned by Gulnara's story. As farfetched as it all sounded, for some reason I immediately believed it. "Why are you silent?" I heard her say. "I have entrusted you with the secret of our people. I am relying on your integrity." "Rest assured, you have my word as a gentleman. Yet, I have to think this through. Please give me some time."

"Very well. I will call you back in a few days," Gulnara replied calmly and hung up her receiver.

Several days passed. I began to calm down. Just when it started to seem I was in no immediate danger the telephone rang in the middle of the night. I calmly answered the call hoping to hear Gulnara's gentle voice, although what I heard instead was a strange crackling, or rather something more like a burst of machine gun fire. Yes, it did indeed sound as if there was a shoot-out going on at the other end of the line.

"Hello!" I wanted to call out, but I was so frightened I only managed a hoarse wheeze. I broke out into a cold sweat. "Hello!" I finally managed to shout. There was no response, just a constant barrage of pistol and automatic weapon's fire. Finally, against the background of that thundering I heard Viktor's voice.

"It's me!" he cried into the phone. "Maxim, it's me, Viktor."

"Where are you? What's all that shooting?"

"I'm still in Istanbul, although not in the city itself. I'm in a little village on the other side of the Bosphorus. We're hiding out in an ancient fortress, but Suleiman and his men, who arrived from Samarkand yesterday, are attacking us. He tried to kill us back at the hotel. We got away from him and hid out in this fortress. However, he again caught up with us and now we have a fight on our hands. Mohammed Ali has twenty men, even though Suleiman has three times this number. We don't know how this is going to turn out and Mohammed Ali asked me to call you to…"

Before he could finish there was an explosion and the line went dead. "What next?" I thought. "Just as it was years ago, two sworn enemies – the descendant of the Kokand Khan and the descendant of the Emir of Bukhara – have thrown themselves into a brutal fight to the death."

The question of how the battle in Istanbul turned out was constantly on my mind. Nonetheless, my anxieties were soon laid to rest. Three days later Viktor called to inform me that he and Mohammed Ali were alive and well. The fortress where they had been hiding had an underground tunnel, which allowed them to escape from under Suleiman's nose.

Viktor was very surprised they had successfully escaped such a close call. At first, when they had entered the tunnel, they thought it would never end. However, after less than an hour, they saw light and soon they were climbing steep steps into a small chamber.

"Where are we?" Viktor asked Mohammed Ali.

"Don't worry. We're safe. Here we have nothing to fear from Suleiman. He'll never guess where we're hiding. This is an ancient Turkish bathhouse belonging to our people. Many years ago my grandfather financed its construction, and now it's in the hands of one of my men."

Furthermore, Mohammed Ali's words were soon proved true. A man, apparently some kind of guard, soon entered the room. He bowed to Mohammed Ali and solemnly escorted everyone to the manager of the bathhouse. The manager turned out to be a very sturdily built young man who was not in the least surprised by the appearance of Mohammed Ali or Viktor. Curiously, he appeared to have been expecting them. Without asking a single question, he opened the doors leading into a large room.

The luxuriant beauty of the room took Viktor's breath away. The interior walls were lined with an extraordinarily beautiful stone - the likes of which he had never seen before. Later, Mohammed Ali told Viktor this stone had curative powers. Additionally, the floor was covered in carpets and pillows. Mohammed Ali was the first to sit down, and with a regal gesture, he motioned for his companions to sit by his side – the manager to his right and Viktor to his left. Viktor was utterly dazzled by his surroundings. Mohammed Ali now looked like a true Khan. His posture was erect; his eyes burned with an extraordinary fire. Everything about him said that here, he was ruler.

"How quickly a person can change," Viktor thought to himself. "Just yesterday, back in Istanbul, he tried to look like everyone else, not to stick out in a crowd. He radiated ordinariness. How riches and power can change a person!"

His thoughts were interrupted by Mohammed Ali's stern voice.

"Viktor, have you fallen asleep? We are being served a meal!"

Viktor noticed that exquisitely beautiful young women were carrying food into the room. He was very hungry. So, the smell and appearance of these Middle Eastern delicacies went to his head. Viktor reached for the food, but Mohammed Ali stopped him.

"Viktor, don't be in such a hurry. First we must pray, give thanks to Allah for our lucky escape."

Once they had said their prayers, Viktor again reached for the food. Yet, the piece of meat he had been trying to pick up started jumping on the platter as if it were a rubber ball. "What's going on?" he thought in amazement. A deafening explosion sounded somewhere nearby, and the ancient bathhouse was rocked by the blast. Viktor cowered in fear and began to tremble. A series of nightmarish images, one more terrifying than the next, racing through his head. "Suleiman and his cutthroats must have stormed the bathhouse. The end is near. Now they'll show no mercy." He mustered the courage to look at Mohammed Ali. To his amazement the descendant of Madali was the very picture of calm. The only expression on his face was a self-satisfied smirk. He took an unhurried sip of wine from his crystal goblet. "What's he so happy about?" Viktor asked himself. Mohammed Ali answered his unspoken question.

"That mangy dog Suleiman has played his last hand. I blew him up, or at least his thugs."

"What?"

"Once he broke into the fortress and discovered we had escaped, he searched the place and found the tunnel. They understood how we escaped. Obviously, Suleiman sent his thugs after us. He herded them into the tunnel and ordered them to bring us to him dead or alive. I knew this would happen, so I mined the tunnel in advance. I've been preparing such a trap for a long time. Suleiman himself might be alive, but most of his gang are now corpses. And he'll never guess where the tunnel led."

Viktor was floored by the combination of savage cunning and strategic genius he was witnessing in Mohammed Ali. The meal was finished in silence. When it was over Mohammed Ali continued his explanation.

"If Suleiman is still alive, then I need to finish him off while he's still weak. Now that his forces have been thinned, I will finally avenge the fiendish murder of my great ancestor by Suleiman's ancestor."

He started to tell the story of that brutal murder. Agitated by his own words, Mohammed Ali leapt to his feet and cried out:

"I'll kill him tomorrow, and you, Viktor, will help me!"

Hearing this, it was Viktor's turn to leap to his feet. "Great Khan, I signed a contract to help you find treasure, not to kill anyone!"

Immediately, Mohammed Ali walked up to him, placed his hands on Viktor's shoulders and looked him straight in the eye.

"Mr. Isayev, you will do whatever I order you to do. Otherwise you will meet the same fate as Suleiman. My agents are watching his villa. If he goes home tonight, they'll let me know. And tomorrow I'll take care of him. It will be his weakness for fast cars that does him in. Suleiman likes to ride around Istanbul in his red Ferrari at breakneck speeds. The Ferrari is a fine, fast car. However, we will be following him in my yellow Lamborghini. We'll run him into the Bosphorus! I'll be behind the wheel and you'll be by my side. I need an assistant, but I don't want any of my people to be involved in this."

Viktor was dumbfounded.

"Get some sleep," Mohammed Ali ordered brusquely. "Tomorrow will be a long, hard, day."

Chapter XIII

THE FERRARI, THE LAMBORGHINI, AND THE BOSPHORUS

Morning came. All night Viktor had been plagued by nightmares and kept waking-up in a cold sweat. Eventually, he was summoned by a knock at the door. A servant had brought him breakfast. As soon as he finished eating, a smiling Mohammed Ali appeared in his doorway.

"Can you imagine? That despicable worm Suleiman is still alive! Now he's sleeping peacefully at his villa. Nevertheless, that's just fine. He's not getting away from us this time! Every evening he goes out on the town. My servants will disguise us so that he doesn't recognize us when we follow him. They are masters at this! Rest assured – your own mother wouldn't recognize you!"

By 6 o'clock in the evening, they were ready and sitting in the Lamborghini. Viktor had heard many things about this fabulous car and had occasionally seen it on the streets of various cities, although he had certainly never sat in one.

This car is something to be coveted – flowing lines, extraordinary gracefulness, a smooth, albeit exceptionally fast, ride. Viktor remembered what he had read about the history behind this legendary automobile. Sports cars were a hobby for Ferruccio Lamborghini, a successful tractor manufacturer. Once he came to see Enzo Ferrari to complain about certain deficiencies he saw in his car. He hoped to interest Ferrari in a number of ideas for improving the car's performance too. Enzo, however, did not even want to listen to his visitor. His rudeness piqued Lamborghini, who decided to prove he was right. In this way, he became obsessed with the idea of creating a super-car. Moreover, Lamborghini's persistence, his engineering know-how, and his ability to attract talent, bore fruit. The very next year a dazzled public was presented with the first Lamborghini sports car.

"This isn't a car, but a dream!" Viktor thought to himself admiringly. Mohammed Ali turned to him, and as if to confirm his thoughts saying, "This car is a rocket. It's brand new. This is the first time I'm taking it out onto the road. So, Mr. Isayev, you're about to experience speeds that will take your breath away!"

As if to tease Viktor, Mohammed Ali then proceeded at a crawl. Inching along at a snail's pace, and telling Viktor how he planned to kill Suleiman.

"We'll get just close enough to Suleiman's villa to see any cars that leave it. Suleiman's men have never seen this car and they won't recognize us. I'll sit in the car and you get out pretending to tinker with something under the hood. As soon as the Ferrari pulls out of the gate, we'll start to follow it. Inevitably, Suleiman will race around the narrow streets of Istanbul. You'll have the task of navigator, to help me keep the car in my sights. For this you have to keep your eyes on the car, just the car, nothing else."

Once they arrived at Suleiman's villa they did not have long to wait. The gates of the villa swung open and the red Ferrari flew out. Viktor slammed the hood and quickly got into the car. The Lamborghini took off like a bullet. Mohammed Ali turned out to be an excellent racecar driver.

Viktor had a hard time believing it was Mohammed Ali behind the wheel. The person sitting next to him seemed to be a true professional – the car's movements were fast and precise. Hence, a few minutes later, they were on the Ferrari's tail. Mohammed Ali noticed Viktor's admiring gaze.

"Don't be surprised, Mr. Isayev. In order to achieve my goal and restore my Khanate I've had to master many a profession: racecar driver, airplane pilot, and even scuba diver. Anyway, keep your eyes on the red Ferrari. Soon Suleiman will figure out we're tailing him. He'll understand this is a chase, start to panic, and race around the city trying to lose us. He won't abandon his car, since he'll be afraid of being shot. What is more, he'll consider the Ferrari his refuge, even though it will become his coffin, and the Bosphorus his grave. In a few hours Suleiman will be worn out and I'll drive him onto one of the Bosphorus's embankments. I'll get him nice and close to the water and then come at him. His reflexes will steer him away from me and into the water."

Viktor started to imagine this frightful scene, but shook off such unpleasant thoughts.

"I hope to God it doesn't turn out that way. Let Mohammed Ali have his plan, but maybe the murder won't happen after all. In any case, I've got to keep my eye on the Ferrari."

The race was on. Suleiman seemed to like drivingfast. His Ferrari displayed wondrous feats of speed and maneuverability. He fearlessly cut into the flow of traffic and constantly wove in and out of lanes creating hazards for everyone else on the road. Infuriated drivers protested with their horns. At times, he moved back and forth between the highway and the narrow streets, crowded with pedestrians. Several times Suleiman led them at great speed across the bridges traversing the Bosphorus, which connected the Asian and European parts of the city. Viktor felt that the Lamborghini was winning the race. Mohammed Ali seemed to be con trolling the situation skillfully. Sometimes he let the Lamborghini get far ahead, so as not to raise Suleiman's suspicion, although he easily caught up with him, overcoming every obstacle and the heavy traffic.

At last, Suleiman understood he was being followed. Viktor was already exhausted, yet there is nothing more thrilling than a chase. Without realizing it, he was drawn into the role of pursuer and even started shouting encouragement to Mohammed Ali, even thoughunnecessarily. Chase! It's a simple word, but the flaring of passion and the thrill of the hunt is something which cannot be described. It has to be lived.

Darkness set in and Viktor caught himself thinking he was ready for this to end. At that moment, the Ferrari turned onto an embankment. The waters of the Bosphorus glistened just below them. Viktor cast a sideways glance at Mohammed Ali. He looked like a bird of prey. Not a word, or sound, came from him, nothing except a few deft movements as he operated the car. His eyes were on the Ferrari's rear window. What was he thinking? Probably that the moment for revenge had come. Mohammed Ali pressed down on the accelerator and drew up next to the Ferrari. The Ferrari moved to the left, forced to give way to the Lamborghini. In this instant, Mohammed Ali jerked the wheel to the left. Apparently making a crash inevitable. The Ferrari, caught between the Lamborghini and the Bosphorus, while under the control of an exhausted Suleiman, really did swerve off the embankment into the water. Without a shot being fired, or even a scratch to his Lamborghini, Mohammed Ali did what he said he would.

A few seconds later, he slowed down and turned to Viktor.

"Do you want to watch him sink into the water?"

"No, of course not!"

Braking sharply, Mohammed Ali quickly backed up. He leaned across and opened Viktor's door.

"Get out. That's an order. You're going to watch. I'll pick you up later. For now, I have to get out of here before the police arrive."

"How long will I have to wait?" was all Viktor managed to ask.

"An eternity, if that's what it takes."

The embankment was completely deserted. Yet, the moon was shining brightly, and a street light helped it overcome the darkness. An awful sight awaited Viktor. The Ferrari floated for a short while and then began to slowly sink.

In horror, Viktor started to run along the embankment. He ran without paying attention to where he was going; he just wanted to get as far away as possible from that horrible spot. He only stopped running at the sharp sound of a car horn. Next to him stood the Lamborghini. Mohammed Ali threw open the door and in a threatening tone barked:

"Get in, Mr. Isayev. Why did you disobey my order?"

"I was frightened."

"Well, let's hope that jackal doesn't make it out of there. Although, such cases are extremely rare." They drove slowly through the city. At night, Istanbul looked like a fairytale. The eastern and western parts of the city, separated by the Bosphorus, were like the wings of a bird, and the ships sailing along the Bosphorus were like glimmering sparks. Viktor tried not to think about what had happened. Mohammed Ali seemed unperturbed.

"Soon we'll resume our negotiations with your American friend about the price for the map. Suleiman won't be bothering us. He was our rival. I know he also wanted to buy the map from Maxim. Anyway, I hope you can come to terms with him. Meanwhile, I want to show you the sights of the city that was headquarters to my sworn enemy. Istanbul was always Suleiman's stronghold. His clan owns stores, restaurants, and banks here. My fortress is Kashgar. That is where my headquarters are located – the headquarters of the Khan of Kokand. Nevertheless, I love Istanbul. Look! Look around you, Mr. Isayev! We are now driving onto the bridge uniting Europe and Asia. This is an unforgettable moment in your life!"

The excursion through Istanbul lasted until dawn. Racing his Lamborghini through these nocturnal streets was clearly Mohammed Ali's way of relaxing. So admitted, Viktor was somewhat alarmed by his words. Kashgar! He knew little of this city. It seemed entirely possible Mohammed Ali would take him there.

Little by little the darkness dispersed. The night sky, sprinkling with bright stars, gradually became lighter in the East than it was in the West.

"It's time to go back," said Mohammed Ali. At fantastic speed, he raced along the highway. Viktor closed his eyes and fell asleep. He could barely remember how they arrived back and made it to their rooms.

Chapter XIV

BACK ON THE ROAD

The following day Viktor was left alone. He spent it in bed. Towards evening, Mohammed Ali came to see him, took a seat by the bed, and started to chat with him as if they were old friends.

"Rest, Mr. Isayev, you did fine. Have you ever been to an ordinary Turkish bathhouse?"

"No," he shook his head.

"Today you will have the pleasure of this experience."

Subsequently, each dayspent in the ancient Turkish baths seemed to him truly paradisial. His enjoyment being interrupted only once, when he was called to agree on a price for the map. Afterwards, he was left to his own devices for an entire week, even though servants were always by his side to make sure his every wish was granted. As for Mohammed Ali, the Khan seemed to be attending more important matters.

However, Viktor knew this nirvanic life would not go on forever. As such, it came as no surprise when, early one morning a week later, Mohammed Ali burst into his room in an agitated state.

"That's it, Mr. Isayev. Time to get ready. The Snow Leopard has invited us for a visit."

"Now we have a snow leopard on top of everything else!" Viktor thought to himself. His brain was still asleep and his eyes were half closed. Still, a vivid picture came to him of a snow leopard he had seen in a metal cage at the zoo when a child. As well as the one's he had seen in books.

"You must be kidding?" he asked, opening his eyes. "Snow leopards are very dangerous animals."

"Yes, you are right, Mr. Isayev. The snow leopard is a powerful beast. But our Snow

Leopard is a man, not an animal. That's his moniker. It's what people call him. His real name is Batu. He is a descendant of Genghis Khan and he lives in the Mongolian steppe." Mohammed Ali was clearly anxious. Viktor had never seen him in such a state before.

"What are you worried about?"

"You don't understand anything, Mr. Isayev. My fate, your fate, along with the fate of my golden treasure depends on the Snow Leopard. He is not only my sovereign, and yours, but equally the sovereign of the Universe. He refers to himself as a descendant of Genghis Khan, although many knowledgeable people say he is the descendant of visitors from another planet. It seems to me that both are true. Yet, you'll soon have an opportunity to see for yourself when you meet him."

"I have to meet with the Snow Leopard?" Viktor asked in a tone of protest.

"You must! Who else is going to ask for the funds to compensate your friend in America? I don't have that kind of money. I am a very rich man, although not to that extent."

"Is the Snow Leopard also interested in the map to the golden treasures?"

"Yes."

"What's in it for him?"

"That you will learn later. Get ready for our flight." "Our flight? We're going by plane?"

Viktor felt as if he was developing a nervous tick. He recalled the night spent along the Bosphorus and the Lamborghini driven by Mohammed Ali. Now, there would be a plane that, all things considered, would probably have Mohammed Ali at the controls as well. His thoughts were interrupted by a command.

"You have an hour to ready yourself and then – to the airfield."

An hour later Viktor found himself in front of a splendid twin-engine plane. It was not large, but it looked solid. It appeared that Mohammed Ali had spent a pretty penny on this wonder. Viktor looked around. They were at a small private airfield outside Istanbul; everything looked official and legitimate. Mechanics were checking the plane and fueling was in progress. For his part, Mohammed Ali, heir to the great Khan of Kokand, was dressed as a top-class pilot: helmet, leather jacket, special boots. The only thing missing was a parachute.

"And where are the parachutes?" Viktor asked with a trembling voice.

"Parachutes will be supplied by the heavenly angel," Mohammed Ali replied.

"This fellow's a real comic," Viktor thought to himself as a chill went down his spine.

In no time, they were prepared for takeoff. They taxied to the runway, Mohammed Ali in the cockpit and Viktor in the passenger compartment.

"Fasten your seat belt, Mr. Isayev," Viktor heard the pilot's order through his headset. "We might have some turbulence, or even rocket fire." "Rocket fire?" Viktor cried in alarm. Who"?

"Why?"

However, nobody heard his words: they were drowned by the roar of the engines. Starting down the runway, Viktor saw Istanbul and its bridges receding into the distance beneath the wings of the plane.

"Farewell Istanbul!" he thought. "And now what awaits me?"

Chapter XV

DANGEROUS FLIGHT

It's a long flight to Kashgar," Viktor heard Mohammed Ali say through his headset.

"We'll have to make several stops along the way to refuel. You relax, don't worry. My people will be meeting me at every stop."

Nevertheless, Viktor was already half asleep when he heard these words. The tension of recent times had taken its toll. He was dreaming of his childhood, a barefoot little boy running along a dusty road trying to reach the sun, which was slowly descending behind the peak of a nearby hill. "Mama," he cried. "Help me stop the sun!" Yet,he did not hear his mother's answer. Instead, a strong jolt awakened him.

"We've landed. A twenty minute stop," Mohammed Ali commanded sharply. "You can get out and stretch, but don't go more than twenty meters away from the plane. And, of course, you shouldn't smoke or turn on a flashlight. You can answer a call of nature."

Everything was as if in a dream, yet this was a different, gloomier dream. Before Viktor could even jump to the ground two men came up to him and grabbed him by the elbows. "Back to prison," he thought. Contrarily, he was led some distance from the plane. Viktor heard the muffled conversation of people scurrying about the plane as they refueled it. It was dark. The light of the moon was barely making it through the storm clouds.

"Where are we? Where are we?" The thought kept running through his head. Mohammed Ali had not told him where they would be landing. All he could do was guess.

A light, fresh breeze was blowing. Viktor could smell the sea. To the right in the darkness he could see mountain peaks. "Probably Batumi," he thought. "But who knows! And what difference does it make where I am? If only this would come to an end!

Out of the blue, he found himself thinking, "it doesn't look like I'm going to make it out of this business alive." Simultaneously, he felt someone give him a shove in the back. "Back on the plane!" he heard a voice from behind. They were speaking Russian, although with an accent. "Yes, it must be Batumi," Viktor decided. "Mohammed Ali has people everywhere. Money solves everything."

No sooner had this thought crossed his mind than he

noticed Mohammed Ali shaking someone's hand and giving him a packet. There it is – the money.

This land-refuel-money sequence was repeated several times. Soon, Viktor ceased to care what was happening around him. Oddly, the final refueling stop took longer than the others. Viktor noticed the mechanics spent a long time checking the plane.

"This will be the most dangerous leg of the journey," Mohammed Ali explained. "Suleiman's fighters are holed up in the gorges we'll be flying over."

Eventually, their plane taxied slowly to the runway. Viktor closed his eyes. He wanted to sleep, yet sleep would not come. The uneasiness he felt started to turn to terror. The plane smoothly soared over the mountains; the moon shone down from high in the sky. "What if Mohammed Ali, who must be exhausted from the relentless pace he's been keeping up, falls asleep at the controls during the most dangerous part of the trip?" Viktor thought to himself. "He's not a young man; far from it." He decided, therefore, to engage Mohammed Ali in conversation.

"Master," he cried into the microphone. "Where are we now?"

"In outer space," was the response, followed by a laugh.

Viktor had never heard Mohammed Ali laugh, and now he was laughing with sincerity and simplicity, the way children laugh.

"In outer space, outer space," he repeated. "The entire

universe is outer space."

Viktor decided to play along.

"How come I'm not weightless?"

"Not weight…?"

Before Mohammed Ali could finish, the plane was tossed by a strong jolt. Viktor hit his head hard on the cabin wall - and bit his lip so hard it bled.

"What was that?" he cried.

"Quiet, you mongrel! We're under fire. Fire from Stinger missiles. You've probably heard of this weapon?"

Viktor could hear and see rocket explosions to the right and in front of the plane. Mohammed Ali was letting out a non-stop stream of profanity. All of his anger at the Stingers was being directed toward Viktor. It was probably easier for him that way. From constant explosions, the plane started to shake, as if it had a mild case of the chills.

"Say goodbye to your sweetheart," Viktor heard through his headset. "I'll bet you have a lady friend, don't you? It seems that dog Suleiman survived after all and now wants to make mincemeat of us with his missiles. And he's got plenty of them."

What happened over the next few minutes was a true nightmare, impossible to describe. Trying to evade the missiles, Mohammed Ali started to climb sharply. For his part, Viktor was pressed into his seat as if he had been placed under a multi-ton weight. At one point, he even felt as if the plane being tossed from side to side.

"Are you alive?" he heard Mohammed Ali'svoice. "I want to get out of the range of fire and I'm going to perform some tricky maneuvers. Hold on, my friend!"

His voice was almost affectionate. The plane lurched sharply and started to fall. It soon appeared that the puffs of explosions were somewhere behind them. "Could we really have made it?" Viktor thought, although suddenly detecting a strong smell of burning.

"Is something on fire?" he called out.

"The right engine is smoking. Suleiman's hirelings managed to damage the plane after all. However, it's not far to Kashgar. So, I have shut off fuel to that engine and I'll see if we can make it on one."

These words were the last thing Viktor remembered. Either he lost consciousness, or succumbed to some form of psychological shock.

Chapter XVI

KASHGAR

When Viktor opened his eyes, he was in a hospital ward. He had no sense of how much time had elapsed. Next to him sat a beautiful young woman.

"Mr. Isayev, you've regained consciousness! Congratulations!" she said in flawless Russian. "I am Mohammed Ali's personal physician; my name is Olga Petrovna, but you can call me Olya. Mr. Mohammed Ali is very worried about your health. I have been at your bedside for 24 hours now. I will call and inform him that you are conscious."

As she quickly left the room, Viktor noticed a man sitting in the corner of the ward watching him. "Security," he guessed. "Mohammed Ali is keeping tabs on me every second."

Shortly thereafter, a smiling, joyous Mohammed Ali came flying into the ward. Pun intended! "Isayev, I congratulate you! We managed to escape, we landed safely, and now we're back home in Kashgar. This is my temporary headquarters, the headquarters of the Kokand Khan. Albeit temporary - definitely temporary.

Time will pass and I, or my heirs, will return to Kokand. Nonetheless, Kashgar is my stronghold, just as Istanbul is the base of that dog Suleiman. Anyway, we have nothing to fear here. Hurry and get well!" and with these words Mohammed Ali left the ward.

After two weeks, Viktor felt much better. The excellent care he had been given clearly worked its magic. Real VIP treatment" Viktor understood this was on Mohammed Ali's orders. Hence, his time in Kashgar was quite enjoyable. Moreover, Viktor was allowed to wander the city – with an escort, of course – Mohammed Ali even gave him some money.

"Buy whatever you like. Here you'll find the most varied of delicacies."

Viktor took great pleasure in exploring Kashgar, this extraordinary city hidden high in remote mountains. It seemed to him a sort of phantom town – beautiful and exotic, yet somehow unreal. He recalled its history – this place had been an important stopping point along the Great Silk Road. Indeed, it would have been nice to stay forever. A pleasant feeling of complete security, surfeit, and calm overcame Viktor.

One evening Mohammed Ali invited him to dinner.

"Tomorrow we are leaving Kashgar."

"Where are we going?"

"To Mongolia, to the headquarters of Genghis Khan."

"What Genghis Khan?" Viktor choked on a piece of lamb he had been carefully chewing up to that point.

"Don't suffocate, Mr. Isayev, take some wine. After surviving the Stingers it would

be a shame to die choking on a piece of exquisite Uzbek shashlik," Mohammed Ali laughed. The other guests who had been invited to dine with Mohammed Ali additionally broke into laughter.

"It's nothing, I'm fine," Viktor said, accepting the glass of wine from Mohammed Ali. "But as far as I know, Genghis Khan has not been around for a very long time."

"And how do you know that?" asked Mohammed Ali.

"From books."

"You can't believe everything you read in books."

Mohammed Ali laughed, obviously joking with Viktor. Viktor played along.

"Of course I have no proof," he pretended to concede.

"Yes, following everything you've been through and seen you could believe almost anything. Yet, alas, you are right. The great Genghis Khan left this world long ago. It is his descendant who awaits us in Mongolia. A man known as the Snow Leopard. You may recall I told you about him? He sometimes assembles those of us with lordly blood. I don't know what he wants to tell us this time, but the Snow

Leopard has commanded us to come immediately. For the moment, however, we rest, Mr. Isayev. Tomorrow you'll be awoken early, because we have a long trip ahead of us."

"I'm not flying!" Viktor blurted out. "I'm afraid! It's awful!"

"We will not be flying, but crawling," replied Mohammed Ali, giving Viktor a good-natured slap on the back. "We'll be making a slow crawl across the steep mountain roads until we reach the vast Mongolian steppe. You will be completely safe, don't worry. We'll be using the best off-road vehicle in the world, the Land Rover. It has never let me down on this difficult route."

Mohammed Ali had not deceived him; the trip went smoothly. They reached their destination late at night. A yurt had been set up for them and they all settled into it for the night: Mohammed Ali, Viktor, and the three-man security team that had accompanied them.

Viktor could sense that Mohammed Ali was troubled. All night he tossed and turned and several times, during the darkest hours, he got up and left the yurt.

"What's worrying him?" Viktor wondered. "I guess we'll find out tomorrow." And with that thought he fell asleep.

Chapter XVII

IN THE LAIR OF THE SNOW LEOPARD

Dawn had broken over the Mongolian steppe. Everyone had awoken early and left the yurt. Herds of horses were grazing nearby, but no people were visible.

"Where is everyone?" Viktor asked himself, and at that very moment the patter of hoofs sounded. Several horsemen rode up to Mohammed Ali. Hurriedly, they greeted him with deep bows and spent quite a while discussing something. A situation making Viktor and the bodyguards stand off to the side. The wind, however, brought snippets of conversation their way, even though in a language none of them could understand. When the conversation concluded, one of the horsemen stayed with Mohammed Ali, while the others rode off at a gallop. Mohammed Ali beckoned Viktor and the bodyguards, and when they approached he presented his companion, a stocky Mongol.

"Our guide. The Snow Leopard has ordered us to come to his villa."

"His villa?" Viktor sounded puzzled. "I thought the descendant of Genghis Khan would receive us in his royal tent."

"Into the car," Mohammed Ali barked, leaving Viktor without any explanation.

The Land Rover took off, with the guide riding ahead and slightly to the right of it. Viktor feasted his eyes on the wondrous natural beauty surrounding them. The Mongolian steppe was blanketed in flowers.

"The eighth wonder of the world," he thought to himself. "Nothing but earth and sky, and how magnificent! Earth and sky – what more does a person need for happiness? Your own native earth and your own native sky." He became so absorbed in his thoughts that he failed to notice the flat-as-a-table lowlands were giving way to hills. Indeed, the road had started to run alongside a small stream. The guide signaled them it was time to stop and suggested they take a rest. While they drank the pure water of the stream, he spoke with Mohammed Ali. When they were done, each shook hands and walked away from the other. The guide mounted his horse and quickly disappeared. Mohammed Ali approached his traveling companions.

"We've arrived," he said. "The Snow Leopard's villa is on that hill."

Mohammed Ali briefly expounded the situation. The

nearby slope led to the eastern side: the rear of the villa. Yet, the villa's main entrance was to the west. A superb road led to the villa from that direction, the road from Ulan Bator, Mongolia's capital. That evening, a diplomatic reception was to be held at the Snow Leopard's villa. Many eminent personages were invited: diplomats, members of the government, artists, and even Hollywood stars.

"We will have to clean ourselves up and dress appropriately for the occasion," he concluded.

Every face lit up with a smile as they looked at one another. Unshaven faces caked in dust, clothing saturated with sweat and gasoline – and now they were supposed to attend a diplomatic reception! Mohammed Ali reassured them.

"It has all been taken care of. We'll have the entire day. Food and fresh clothing has been prepared for us in a special guesthouse. There will be time for us to wash-up and prepare ourselves."

With these words, the Khan was transformed in front of them. No longer appearing anxious or distracted. Mohammed Ali was now full of energy and purpose.

"Let's go," he commanded.

Accelerating sharply, he drove the jeep so fast his passengers became alarmed. Was their sovereign in his right mind? With the speed of a bullet, the car made its way to the summit of the hill. A magnificent oasis, with lush gardens enclosed by a cast-iron fence eventually coming into view.

They stopped at the gate. Two men came out of a nearby building and approached the car. Without saying a word, they started to search it. Another man stood nearby, silently eyeing the bodyguards. Viktor recognized him as their recent guide.

Finally, the gate opened and they were escorted to the guesthouse that had been placed at their disposal. Their entire day was spent in preparation for the reception. The Snow Leopard had provided them with the finest specialists in every aspect of grooming, and, by the time they were through with their ministrations, Viktor felt like a new man, refreshed and invigorated.

Mohammed Ali closely scrutinized Viktor's formal attire. Surprisingly he found nothing to criticize.

"You must behave yourself in such a way," he admonished, "that nobody will suspect you have bad manners. You are about to make an appearance as a member of the entourage of the Kokand Khan. I need say no more."

Soon there was a knock at the guesthouse door. An escort had come to take them to the Snow Leopard. Walking through the gardens along an alley, Viktor was endlessly amazed by the sumptuous beauty surrounding him. It was hard to believe that below them, at the foot of the hill, was the endless Mongolian steppe.

Once the alley had ended, they saw a building of unusual design. It resembled a ship. "A ship in the steppe," Viktor thought to himself, raising an eyebrow. At the same time, people were came to meet them. Leading the way was a handsome, elegant man in a white tuxedo.

"I welcome you, Mohammed Ali, descendant of the great Khan of Kokand, "he said. "You and your friends are my welcome guests. Please come in."

"Greetings, my sovereign," replied Mohammed Ali, with a deep bow.

They followed their host into the drawing room, where the Snow Leopard introduced them to several other guests. This room was a sea of famous faces. All making Viktor feel as if was at the Academy Awards - which he had seen on television, rather than at a reception in the middle of the Mongolian steppe. Nonetheless, the best was yet to come.

Chapter XVIII

GENGHIS KHAN'S LAST SECRET

We learned of these events from Viktor himself when we met at the Snow Leopard's villa. Yes, dear readers, I also received an invitation from this great man and was transported to his Mongolian villa in comfort. The descendant of Genghis Khan received me amicably and asked me to give him the map. In exchange, he offered me a choice: a sizable monetary reward or his eternal patronage, protection, and encouragement. I chose the latter, and, in the end, this turned out to be the right decision. Certainly, it was not long before this became evident.

However, let us return to Viktor and his patron, Mohammed Ali. From the large, guest-filled drawing room they were led into a darkened chamber - lit only by a few dim lamps on tables where people were sitting: their faces indiscernible in the darkness. Speedily, Viktor and Mohammed

Ali found themselves elegantly seated at a table, whereupon a waiter approached them with silent footsteps - offering them some drinks. Unsurprisingly, they sat for some time in complete silence. Mohammed Ali staring tensely at the faces on the neighboring tables, until the room was brightly illuminated. In its center stood the Snow Leopard.

"Dear friends, I have invited you here to share a secret from my esteemed ancestor, Genghis Khan. You are all united by a single goal: to find the hidden treasures of Issyk-Kul. I have been following your efforts and know everything about you. You see among my guests Mohammed Ali, descendant of the Khan of Kokand; Suleiman, descendant of the Emir of Bukhara; Gulnara, the great-great- granddaughter of the Kokand Khan's astrologer; and our American guest Maxim Korsakov, into whose hands the whims of fate thrust a map to the golden treasures. Now you are all my guests and I ask you to set aside your enmity and rivalry and listen to me attentively. I shall reveal to you the will of Genghis Khan."

From memory, the Snow Leopard then recited the following words:

"'One thousand years after my death, I shall rise from the grave to restore the former glory of my people. Until my return to the land of the living I command that the treasures hidden at Issyk-Kul remain untouched.'

"You understand, of course, that any hunt for the treasures of Issyk-Kul is a violation of the prohibition of the great Genghis Khan," the Snow Leopard continued. "I urge you, therefore, to respect the will of my esteemed ancestor."

Upon returning home, I decided to meet with my friend Oleg, the historian, and tell him about my adventures. Once again, I found myself in his cozy apartment sitting in an easy chair with a cup of coffee surrounded by books. There were even more of them than there had been before, and skinny little Oleg sometimes seemed in danger of being buried in this wealth of tomes.

"Oleg, where have you disappeared to?" I called.

"Just a moment. I want to show you something," he replied, reaching for a book by the great Russian explorer, Nikolai Przhevalsky. "Yes, there was something of the sort long ago. During one of his expeditions, Przhevalsky heard about Genghis Khan's last will and testament. According to local inhabitants, Genghis Khan's relics lie under a yellow silken baldachin in the middle of a temple -inside two caskets: one silver and one wooden. His weapons are also there. It was additionally said Genghis Khan himself lies there, as if asleep, although none of Przhevalsky's informants seem to haveseen this with their own eyes. Legend has it, however, every evening they would leave him roasted lamb as an offering, only to find it eaten each morning. On his deathbed, they say, Genghis Khan revealed he would be resurrected a thousand years after his death. At the same time, a rival warrior would be resurrected in China whom Genghis Khan would battle and defeat. He would then lead his people to Khalkha, the center of Mongol civilization."

As always, speaking with Oleg was so absorbing that I sat up late into the night. On my way home, I thought of what Oleg had told me and what had happened to me. Nonetheless, a question hammeredwithin my head: what is the secret of the great Genghis Khan? How did he manage to suppress age-old enemies with his will? I remembered his descendant, the Snow Leopard, telling me as we parted:

"Wisdom and respect for traditions enabled the descendants of the ancient families to make peace. However, there are others in pursuit of the treasures of Issyk-Kul who are still at merciless war with me."

"Who would dare to oppose you?"

"There is such a man," came the answer. "They call him the Golden Baron."

TO BE CONTINUED

From the author:

The literary series Secrets of the Great Silk Road requires co-authors to work on future books. Writers are welcome to get in contact regarding creative collaborative opportunities.

МАКСИМ КОРСАКОВ

ЗАГАДКА ГОЛЛИВУДА ИЛИ ХРАНИТЕЛЬ СОКРОВИЩ

С благодарностью за поддержку моему кузену Генри Бубелю (Henry P. Bubel), американскому адвокату фирмы Patterson Belknap Webb & Tyler LLP.

СЕМЕЙНАЯ САГА МИХАИЛА БУБЕЛЯ. "ФАКТОР ГОРБАЧЕВА" ИЛИ ФАЛЬШИВЫЙ БРАК.

МАКСИМ КОРСАКОВ
ВИЛЕНА ФЛЕМИНГ

От автора

Дорогие читатели очень признателен
Вам за интерес к моей книге!

Поделюсь с Вами моими сокровенными мыслями: у каждого человека есть своя загадка, Вы держите книгу пронизанную загадкой.

Отпечаток загадки лежит на всех моих героях: например, на бывшем президенте СССР Михаиле Горбачева загадку которого в моей книге я назвал "Фактором Горбачева"

Эта загадка "Фактор Горбачева"кардинально изменила мою жизнь и заставила меня покинуть родину.

Другая загадка это загадка продюсера Голливуда Габриэля Гранфельда, который пока так и не экранизировал на Голливуде мое произведение "Хранитель Сокровищ"

И наконец, третья загадка это характер американцев, как я не стремился понять, что думает по тому или иному вопросу мой американский кузен Генри Бубель, я так и не смог это понять.

Многие годы, я ищу ключ к разгадке : как случилось , что русский Михаил Горбачев , американец Габриаль Гранфельд и мой американский казен Генри Бубель перевернули мою жизнь.

Возможно , один я не в силах раскрыть эти загадки.
Приглашаю Вас, вместе попытаться разрешить
этот вопрос.

Жду ваши предложения и отзывы о моей книге
по адресу: e-mail : welcomecontact@mail.ru

То, что видим мы, — видимость только одна.
Далеко от поверхности моря до дна.
Полагай несущественным явное в мире,
Ибо тайная сущность вещей — не видна.

Омар Хайям

Все совпадения имен и фамилий случайны.

Поезд уверенно набирал скорость. Михаил Бубель, мужчина тридцати четырёх лет, стоял в узком коридоре купейного вагона и смотрел в окно. Дорогие сердцу пейзажи Киргизии оставались позади. Мерный стук колёс располагал к размышлениям.

Вот и всё… развелись…. Как хорошо, что удалось расстаться по-человечески: без взаимных претензий и обид. Всё имущество и квартиру Михаил оставил бывшей жене и сыну, а сам с одним чемоданом уезжал в Симферополь. Одно только не давало покоя: там, в прошлой жизни, остался сын Артур.

В эту ночь Михаилу долго не удавалось уснуть: нахлынули воспоминания, а вместе с ними и давние вопросы.

…Дело было в далёком детстве. Однажды Миша проснулся ночью, во рту пересохло, очень хотелось пить. Не зажигая света, он прошёл в кухню и вдруг услышал приглушённые голоса, доносившиеся с летней веранды. Ему стало страшно и одновременно интересно. Он подкрался к приоткрытой двери и разглядел родителей, о чём-то тихо говоривших. «Твой брат не должен приезжать к нам, — голос мамы звучал неровно, тревожно, — ты же понимаешь, чем это может обернуться для нас!»

Отец что-то коротко ответил, но Миша не расслышал его слов. Мама продолжала говорить, в её голосе слышался страх, и он тут же передался мальчику.

— Яков, ты же коммунист, директор завода, и в анкете у тебя значится, что родственников за границей у тебя нет! — настаивала на своём мама.— Если в обкоме узнают, беды не миновать. Если ты о себе не думаешь, так подумай хоть обо мне, о детях!..

От мысли, что в его дом может прийти беда, мальчик расплакался, тихо прошептав: «Мама, папа, я не хочу беды, я боюсь!..» И тут он догадался, в чём дело. Родной папин брат, проживающий в Америке, просил разрешения приехать к ним в гости. Впрочем, почему это станет проблемой, и какую беду может навлечь, Миша не понимал. Что плохого, если брат погостит у брата? Что-то в этом мире устроено не так, если встреча с родными принесет им неприятности.

Проснувшись утром, Миша не помнил, как попал в свою комнату. Наверное, он уснул под дверью, и родители уложили его в постель. «Они, конечно, догадались, что я шпионил, — подумал мальчик, — и мне придётся оправдываться».

Удивительно, но родители не стали его упрекать. Отец первым начал разговор: - Сынок, ты всё слышал…

При этих словах Миша густо покраснел, но отец не заметил и продолжал:

- Ты имеешь право знать правду. Мы не всегда жили в Средней Азии. Когда-то, еще до революции наша семья жила в еврейском местечке Сатанов на реке Збруч, разделявшей Австро-Венгрию и Российскую империю. Соломон, мой отец, был знаменитым на всю округу кожевником. Семья была большая:дочь и шестеро сыновей. Перед революцией в нашем местечке стало неспокойно. Отец решил отправить старших сыновей в Америку. Он дал трем старшим братьям деньги на дорогу, и они отправились в Нью-Йорк. Через всю Европу добрались до Марселя, а оттуда – на корабле – в город эмигрантской мечты. Мы проводили братьев до границы и больше никогда с ними не виделись.

- Папа! - в голосе мальчика послышались вызывающие нотки – так ты, я надеюсь, дашь согласие на въезд своему брату? Я хочу познакомиться с родственниками.

- Нет, сынок, это может повредить нашей семье, — мягко, но непреклонно ответил отец и добавил — так надо.

Миша заплакал. Он был слишком мал, чтобы понять, почему так надо…

Отец много рассказывал Мише о своем детстве, о том, как началась Первая мировая война - ему довелось быть свидетелем первых часов этой исторической драмы, на его глазах Австро-Венгерская конница переправилась через реку Збруч у местечка Сатанов. Всю долгую дорогу в памяти Михаила всплывали и другие воспоминания отца о детстве: тяжелая работа кожевником и нескончаемая нужда в большой семье. Как сложились судьбы трех старших братьев отца, покинувших родные места в поисках лучшей доли за океаном, он не знал. Как они в чужом краю выжили, чего добились, вступив на землю Америки без гроша в кармане? Стали ли они «Рокфеллерами» или пополнили армию безработных?

За окном вагона проносились телеграфные столбы и однообразные перелески. Чтобы отвлечься от нахлынувших мыслей, Михаил пытался считать столбы. Тогда он не мог и предположить, что впереди его ждут суровые испытания и долгая дорога в Голливуд.

Глава I

— Всё, приехали. Симферополь! — командирским голосом выпалила проводница, бесцеремонно распахнув дверь купе.

Михаил взял свои вещи и стал продвигаться к выходу. Другие пассажиры тоже засуетились и затруднили ему проход. На перроне было шумно. Встречи, радостные возгласы, объятия, поцелуи.

Новую жизнь приходилось начинать с нуля: искать работу, жильё. В далёком 1984 году человеку беспартийному, без связей сделать карьеру в абсолютно чужом городе было практически невозможно. Но случилось чудо, и всё устроилось как нельзя лучше. Хотя, если разобраться, ничего странного в этом не было, ведь идеология идеологией, а работать кому-то нужно. Разумные и здравомыслящие руководители ценили толковых специалистов, и именно такой руководитель, к счастью, повстречался Михаилу.

...Прошло три года. Летом 1987 года наш герой чувствовал себя безмятежно счастливым человеком. Он занимался любимым делом, был заместителем директора фирмы «Наш дом». Из Киргизии к нему приехал сын Артур, и они две недели отдыхали в Ялте.

Как-то раз, еще в Симферополе, Артур, смущаясь и запинаясь, спросил отца:

— Папа, а почему ты не женишься?..

Этот вопрос застал Михаила врасплох. Он не знал, что ответить, и начал лихорадочно подыскивать подходящие слова, но в какой-то момент понял, что лучшим ответом во все времена была, есть и будет правда.

— Понимаешь, сынок, я очень боюсь.

— Боишься? Чего, папа? — сын в недоумении поднял брови.

— Боюсь ошибиться. Знаешь, Артур, каждая такая ошибка оставляет шрамы в душе, — ответил Михаил и, чтобы закончить этот щекотливый разговор, словно подвел черту, — Надеюсь, с тобой этого никогда не случится.

В воздухе повисло тяжёлое молчание. Отец не знал, что сказать еще, сын о чём-то глубоко задумался. Михаил притянул мальчика к себе, и его пальцы утонули в буйной шевелюре, давно не видевшей ножниц парикмахера.

— Артур, а давай сделаем тебе самую модную причёску! — сказал отец и облегчённо вздохнул. Парень охотно согласился, и они бодро зашагали к ближайшей парикмахерской.

Глава II

Это была не просто парикмахерская, а целый бытовой комплекс с широким ассортиментом услуг. Зайдя в салон, Михаил огляделся по сторонам в поисках места, где можно присесть в ожидании в очереди. Но очереди не было: полуденный зной разогнал горожан по домам, лишь в холле одиноко сидела молодая женщина лет тридцати с небольшим. Выглядела она очень усталой, грустной. Плечи её были опущены, даже немного ссутулены. В руках у незнакомки была сетка с яблоками, как будто только что сорванными с ветки. Выглядели они так аппетитно, что Михаил невольно сглотнул слюну. «Наверное, именно таким яблоком Ева соблазнила Адама...» — промелькнула игривая мысль, и наш герой широко улыбнулся сам себе.

Пока мастер колдовал над шевелюрой Артура, Михаил

решился заговорить с незнакомкой:

— И где же произрастают такие райские плоды? Женщина вздрогнула от неожиданности, но тут же оживилась: — На дачах. Мы с сыном только что приехали. Подрабатываем немного. Вот он, мой сын Серёжа.

Она указала на крепкого паренька, выбиравшего видеокассеты в киоске рядом с салоном, а потом спохватилась: — Ой, извините, я даже не представилась! Таня.

— Михаил. А вот мой сын Артур.

Первое, о чем спросила Таня, — где и кем работает Михаил.

— В фирме «Наш дом», — ответил тот и после небольшой паузы добавил: — замдиректора по строительству и архитектуре.

— Вы такую карьеру сделали! Как вам удалось?

— Не хочется, это долгая история.

— Ну, пожалуйста, Михаил! – не отставала Татьяна. – Это же так интересно!

— Хорошо, — нехотя согласился наш герой, — расскажу вкратце…

Таня смотрела на своего собеседника как заворожённая. Она была похожа на девочку, попавшую в волшебную сказку.

— Михаил, а вы женаты? — В её глазах засветился особый интерес.

— Нет, разведён. Не везёт мне с этим, как-то не складывается. Мой прежний брак рухнул, и, признаюсь честно, я очень боюсь наступить на старые грабли.

Узнав, что Михаил не женат, Таня мгновенно преобразилась. Куда только делась усталость! Её плечи распрямились, глаза заблестели.

— Я тоже одна, — Таня отвела взгляд в сторону. — Мой прежний муж пил и даже бил меня!

В её голосе прозвучали нотки обиды и жалости к себе. Она умолкла на несколько секунд, видимо, решив, что сказала лишнее, а потом застенчиво пояснила:

— В принципе он был неплохой, пока трезвый, но как выпьет — это ужас! Мы с ним поехали на заработки в Сибирь. Он работал маляром, а там, сами понимаете, принято после получки всей бригадой «обмывать» зарплату. Ну, а потом показывал, кто в доме хозяин. Сам гулял с молодыми девчонками из бригады, а меня ревновал к каждому столбу. Однажды во время очередного скандала сильно ударил…

— Ужас! Разве можно так обращаться с женщиной!

Заметив сомнение в голосе Михаила, Таня приподняла прядь русых волос и показала шрам.

— Тогда я получила сотрясение мозга, лежала в больнице. Потом сразу развелась и, взяв только свои вещи, вернулась с сыном в Крым. Работаю директором и по совместительству бухгалтером в кооперативе по изготовлению пластиковых пакетов.

Из сбивчивого рассказа Татьяны Михаил понял, что она замешана в криминальном бизнесе.

— Таня, не нужно больше! — попросил Михаил. — Извините, но я бы не хотел выслушивать такие подробности…

Наступило гнетущее молчание, но спустя минуту-другую Таня вновь заговорила, и её голос стал как прежде звонким и сильным:

— Кстати, мне нужен ваш совет, Михаил, как лучше переоборудовать мой кабинет. Пожалуйста, дайте телефон, я позвоню.

— Таня, — ответил Михаил жёстко, — мне некогда давать советы, я постоянно в командировках.

— Но ведь сейчас Артур у вас в гостях, и вы не в отъезде. И потом… Ваш сын, наверное, скучает, пока вы работаете. Они же ровесники с Сергеем, и будет здорово, если мальчики подружатся, не правда ли? — Таня смотрела на Михаила снизу вверх, и в глазах её читалась едва ли не мольба.

«А почему бы и нет?» — подумал Михаил и протянул новой знакомой свою визитку.

Когда Артур пошёл спать, Михаил по своей многолетней привычке начал анализировать прошедший день. Дойдя до встречи в парикмахерской, он поймал себя на мысли, что не может вспомнить лицо собеседницы. Она была удивительна тем, что казалась совершенно обычной. Не полная, но и не худая, не высокая, не низкая, да и черты лица неприметные — одним словом, никакая. Разве что глаза красивые…. С искорками…

Михаил вспомнил, как Татьяна попросила рассказать его о карьере в Крыму. «И зачем ей это знать?» — подумал он, устраиваясь на диване и закрывая глаза.

И тут же нахлынули воспоминания. Он поднялся, присел к столу и стал писать. Из записок Михаила Бубеля:

«В восьмидесятые годы я переехал в Крым. В Советском Союзе как раз начиналась перестройка. В Симферополе накануне был организован экспериментальный консорциум «Наш дом». Он ставил своей целью создание нового проекта жилья для советского человека. Возглавлял организацию талантливый руководитель Святослав Иванович Вишневский. Он и пригласил меня на работу помощником по архитектуре и строительству.

Я был участником уникального эксперимента по созданию дома-мечты, в котором все гармонично: от архитектурного решения здания, интерьера, мебели, его технического оснащения и до внутреннего дизайна.

Мой шеф в шутку часто называл этот проект «горбачевским», так как его финансирование стало возможным в результате объявленной в те годы государственной программы конверсии - перехода оборонной промышленности на гражданские нужды.

В Крыму находились судостроительные верфи, которые после сокращения объемов оборонных заказов направили средства на реализацию гражданских проектов. Вишневский вначале получил поддержку министра судостроения Игоря Белоусова, а тот, в свою очередь, убедил Михаил Сергеевича Горбачева поддержать именно наш уникальный проект.

При поддержке Президента СССР на нашу программу выделили тридцать миллионов долларов.

Поскольку консорциум находился в Крыму, первый экспериментальный жилой район решили построить именно здесь, в одном из красивейших уголков мира.

Новый комплекс жилой индивидуальной застройки должен был послужить образцом современной архитектуры для других регионов страны. Ставилась задача выбрать лучшие зарубежные строительные технологии и провести проектирование и строительство.

Работа над проектом продвигалась успешно. Наши специалисты с целью изучения зарубежного опыта посетили Францию, Италию, Швецию, Австрию и Германию. Мы ознакомились с передовыми строительными решениями, в результате чего были отобраны лучшие проекты и технологии, максимально приближенные к условиям СССР. В итоге был разработан архитектурно-строительный проект постройки комплекса коттеджей под названием «Эксперимент». Было выбрано очень живописное место на южной окраине Симферополя, в районе Марьино, откуда открывается вид на Ялтинское шоссе и близлежащее водохранилище.

По делам, связанным с этим проектом, я часто бывал за границей. Из тех стран, которые довелось посетить, мне больше всего понравилась Швеция. Объездив эту страну вдоль и поперёк, я уже совсем было влюбился в нее, но одна случайность поколебала моё восторженное впечатление. Это произошло тёплым июльским вечером в Стокгольме. Шведская фирма, поставщик строительного оборудования, организовала в честь нашей делегации банкет на паруснике. Члены делегации отдыхали, бедуя между собой. Я разговорился с переводчицей, которая прожила в Швеции тридцать лет и преподавала в Стокгольмском университете на кафедре славянских языков.

— А что если в будущем я перееду жить в Швецию? — спросил я в шутку.

Её реакция на мои слова была довольно неожиданной.

— Тише! — произнесла она. — Ваши шведские партнёры могут услышать!

— Ну и что, они всё равно не понимают русского языка. Да и что, собственно, я сказал плохого?

— Вы ошибаетесь. Многие из них понимают русский язык. Узнав о ваших намерениях, они тут же потеряют к вам интерес как к деловому партнёру.

«Да, — подумал я, — надо быть осторожнее», — и

вновь обратился к собеседнице:

— Анна, вам удалось устроиться в этой стране. У вас хорошая работа, прекрасный дом, две машины. Как же все-таки с моей идеей переехать в Швецию?

— Категорически не одобряю, — ответила она.

Я очень удивился, но не сдался. Она улыбнулась и перевела взгляд на соседний столик, за которым сидели члены шведской делегации.

— Посмотрите, например, на господина Пирса, — сказала она. — Это ваш партнёр, ваш друг. Сможете ли вы когда-нибудь стать похожим на него? — И сама же ответила: — Нет, никогда. Шведом вы никогда не станете.

В ту секунду я осознал, что она права. Хотя мне очень нравилась страна, но я совершенно не знал ни шведской культуры, ни шведского языка. Да, дело, конечно, не только в языке — его можно выучить, дело в национальном характере, психологии, душе этого народа.

Вернулся в Симферополь в подавленном настроении. Вскоре мне позвонили из Москвы.

— Вы включены в состав делегации, которая через неделю направляется в Канаду.

— Не хочу лететь в Канаду, — попытался я отказаться, ничего не ведая об этой стране, кроме того, что она находится в Северной Америке.

Однако ответ был категоричен:

— Состав делегации уже утверждён!

Через несколько дней я сидел в самолёте «Аэрофлота", совершающем рейс Москва — Монреаль. Аэропорт Монреаля, как сейчас помню, поразил меня своей безлюдностью, необычной архитектурой и ослепительной чистотой. В памяти всплыли переполненные европейские аэропорты — Франкфурта-на-Майне, Парижа, Лондона, где яблоку негде упасть. Здесь же было тихо, чисто и элегантно. Эта страна, о которой ещё несколько дней назад я практически ничего не знал, пришлась мне по душе.

Программа визита была насыщенной: переговоры с официальными лицами, встречи с представителями делового мира Канады. Одна из таких встреч произвела на меня большое впечатление.

Шли обычные деловые переговоры о сотрудничестве. Нам помогал переводчик Эдуард, который оказался очень интересным человеком. В своё время он активно выступал против советской власти и числился в диссидентах. В Канаду он переехал по политическим мотивам. На вопрос, легко ли ему жить среди канадцев, Эдуард недоуменно воскликнул:

— Как это среди канадцев? Я сам канадец!

— Какой же вы канадец? Вы — русский.

— Посмотрите вокруг: все такие же, как и я, — иммигранты. Разница только в том, кто когда сюда приехал…

«Пожалуй, он прав. Канада — страна иммигрантов», — подумал я тогда».

...Вскоре Михаилу позвонила Таня — пригласила Артура посмотреть видеофильмы вместе с Сергеем. Михаил в глубине души чувствовал вину перед сыном: не смог сохранить семью, не может быть с ним рядом в его трудном подростковом возрасте, когда отцовское воспитание очень важно для мальчика. Поэтому сейчас, когда сын был с ним, он старался всё делать так, чтобы мальчику было максимально комфортно. Короче говоря, отказать Тане он не смог.

Ребята быстро подружились и охотно проводили время вместе. Татьяна и Михаил, встречаясь, беседовали на разные общие темы, что называется, говорили ни о чём. Только когда речь заходила о винах, Таня преображалась.

— Я в них прекрасно разбираюсь, ведь в своё время я окончила университет по специальности виноградарство и виноделие.

— Так почему вы не занимаетесь любимым делом? — спросил Михаил, но не получил ответа.

— Совсем с ума сошли с этим «сухим законом»! Все виноградники вырубили и думают, что так они искоренят пьянство. Можно подумать, алкаши марочные и коллекционные вина пили! — проговорила она, махнув рукой. Когда они встречались, Татьяна много и интересно рассказывала о винах и виноделии.

Михаил был не против встреч, более того, ему было даже приятно поговорить с кем-нибудь, кроме своих сотрудников. Ведь, в сущности, всё время, когда Артур находился в Киргизии, Михаил с горечью и болью переживал свое одиночество.

В последних числах августа Артур уехал домой. Однако отношения Михаила с Таней на этом не прервались. Она звонила ему каждый день, и очень часто — в самое неподходящее время, когда он был занят. Понимая, что Михаилу не до неё, Таня просила разрешения перезвонить позже. Каждый раз она заводила разговор об Артуре, вспоминая, как их мальчикам было хорошо вместе. Она рассказывала, что Сергей скучает по своему другу и ждёт с нетерпением лета, когда они снова смогут встретиться. Иногда она говорила, что и сама привязалась к Артуру. Михаил не противился такому ходу разговора, кроме того, где-то в глубине души ему даже льстило внимание молодой женщины.

Наверное, всё так бы и продолжалось, если бы однажды Таня не попросила экстренной встречи с ним. Она пригласила его на ужин и добавила:

— Мне надо сказать вам что-то очень важное.

Михаил услыхал в её голосе сильное волнение. На какую-то долю секунды повисла тишина, но потом Таня продолжила уже более спокойно:

— А заодно я угощу вас крымскими винами.

Глава III

Сумерки опускались на город, когда Михаил позвонил в Танину дверь . Она открыла не сразу и, загадочно улыбаясь, пригласила его войти.

В небольшой уютной комнате шторы были задёрнуты, от торшера исходил мягкий приглушённый свет. Стол был накрыт на двоих, и на нём красовалось несколько бутылок редких крымских вин.

Татьяна заметно волновалась, и Михаил не стал торопить события: пусть сама расскажет, зачем позвала, а пока они обменивались дежурными фразами.

Ужин подходил к концу, когда её пристальный взгляд заставил Михаила вздрогнуть: он вдруг почувствовал себя в капкане. Но ведь он сильный самостоятельный человек, и на его волю ничто не повлияет! Татьяна меж тем глубоко вздохнула и решительно произнесла:

— Михаил, я вот что хотела сказать... Я... влюбилась.

Она слегка покраснела и опустила глаза.

— Поздравляю, но я-то тут при чём? — в недоумении спросил Михаил.

— Ну, как же... очень даже при чём... Я же в вас влюбилась.... В тебя.

«Только этого не доставало! — подумал Михаил. — Как бы поделикатнее выйти из этой ситуации?»

— Таня, мне, конечно, приятно ваше... твоё внимание, но, знаешь, женитьба не входит в мои ближайшие планы. Я уже раз обжёгся и наступать на те же грабли не хочу.

— Понимаю, сама много горя хлебнула, да я и не тащу тебя в загс. Если не хочешь жениться — не надо. Просто будем жить вместе. Мне ведь от тебя ничего не надо — ни обручального кольца, ни штампа в паспорте. Ничего! Только ты мне нужен.

Она встала из-за стола и включила тихую музыку. В полумраке её взгляд казался таинственным.

— Потанцуем?

— Ты уверена, что хочешь жить со мной вот так, без росписи? А что скажут твои родители?

— Конечно, хочу, дорогой. И нам уже не по шестнадцать лет, чтобы спрашивать разрешения у родителей.

Она немного помолчала и добавила:

— Впрочем, если тебе это важно, я поговорю с ними. Уверена, они согласятся.

Глава IV

На следующий день у Михаила, что называется, голова была не на месте. Свои рабочие обязанности он выполнял машинально, мысли бродили где-то далеко. Он не мог забыть прошлой ночи — хотел и боялся поверить словам Татьяны. Опыт прошлого заставлял его быть осторожным и тщательно взвешивать все «за» и «против». Но ему так хотелось обрести, наконец, любимую семью, тёплый Дом, именно так, с большой буквы...

Тем же вечером Татьяна радостно сообщила Михаилу, что родители дали согласие на гражданский брак.

— Хорошо, — не стал спорить Михаил, — только одно условие: я сейчас напишу неформальный брачный договор, и ты его подпишешь.

Через пару часов договор был готов, и Татьяна подписала его, не глядя.

В первое время после начала совместной жизни Михаил чувствовал, что находится в сказке. Татьяна была всегда приветлива, никогда не спорила, искренне интересовалась делами мужа, особенно когда речь заходила о контрактах с зарубежными фирмами или о поездках за границу. Она поддерживала Михаила во всех его начинаниях, восторгалась им и при каждом удобном случае говорила о своих чувствах к нему.

Он же не раз задумывался, что испытывал к этой женщине. Любовь? Он был благодарен ей за то, что она для него делала, даже просто за то, что ему было не одиноко. «Да и нужна ли она, эта любовь? — рассуждал Михаил. — Таня кажется человеком надёжным, ведь она тоже пережила боль потерь и горечь расставаний. Она-то точно понимает меня. Может быть, надёжность важнее…»

Так проходили дни, Михаил наслаждался покоем и уютом. Отношения с Сергеем, сыном Татьяны, тоже складывались хорошо. Казалось бы, живи и радуйся, но время от времени накатывало чувство, что всё это — иллюзия. Стоит сделать одно неловкое движение, и она исчезнет, испарится или распадётся на мелкие кусочки.

Однажды, когда Татьяна в очередной раз заговорила о своих чувствах, Михаил остановил её и неожиданно выпалил:

—Таня, у тебя есть сын, и у меня тоже, но я мечтаю о нашем общем ребёнке. Ты не против?

— Конечно, дорогой, я не против! — воскликнула она.

— Если так, то зачем нам гражданский брак? Давай поженимся, и будет у нас нормальная семья. Хочешь?

Татьяна с радостью согласилась. Они подали заявление, и через положенный срок у Михаила появилось на пальце обручальное кольцо.

Глава V

После свадьбы для Михаила ничего не изменилось. Как и раньше, он много работал, а когда возвращался домой, его ждали ужин, признания в любви и восхищение супруги. Только теперь к его жизни добавилось ожидание радостной вести о беременности супруги. Он даже представлял себе, как это произойдёт.

Однако время шло, а Татьяна молчала. Она вообще не заговаривала на эту тему, словно она её нисколько не интересовала. Такой поворот Михаила удивлял, но он пытался найти всяческие оправдания. Беременность ведь не всегда наступает так скоро?! Но когда подходил к концу год их совместной жизни, Михаил забеспокоился: может, у Татьяны что-то не в порядке со здоровьем?

Однажды вечером он в очередной раз поблагодарил жену за вкусный ужин, и она ответила привычным:

— Конечно, я же старалась! Видишь, как я тебя люблю!

— Вижу, — ответил он, и лёгкая тень затаилась у него в глазах.

Через несколько секунд Михаил решительно спросил:

— Только я не понимаю, почему ты еще не беременна. Может быть, нам стоит обратиться к врачу?

— Нет, что ты, Михаил, всё в порядке! — сказала жена и положила руку ему на плечо. — Я предохраняюсь.

— Что? Зачем? Разве ты не хочешь иметь детей? Разве ты не обещала мне этого? Не помнишь?

— Помню, конечно, и не отказываюсь, — Татьяна улыбнулась краешком губ. — Я тоже хочу ребёнка.

— Тогда в чём дело? Зачем ты предохраняешься?

— Ну, это все моя женская логика!

Татьяна попыталась перевести разговор в шутку, но Михаил не отступал:

— Нет, ты уж, будь добра, объясни, что происходит.

— Что происходит? А ты сам не видишь, что происходит, дорогой? Ведь всё рушится!

В её голосе появились металлические нотки.

— Таня, ты говоришь загадками, я тебя не понимаю!

— Михаил, дорогой мой, я боюсь. Я боюсь жить в этой стране, а тем более — рожать здесь детей. Посмотри сам, Советский Союз рушится, просто трещит по швам, и совершенно неясно, какие силы придут на смену нынешней власти. И самое страшное, что это может случиться в любой момент!

После небольшой паузы она предложила:

— Давай уедем отсюда! Пожалуйста! Уедем в нормальную страну. Где всё спокойно, где цивилизованное общество, где соблюдаются законы…. Ну, например, в США. Там у тебя много родственников. В Америке я рожу тебе детей. Сколько захочешь.

Глава VI

Михаила терзали сомнения. С одной стороны, ему очень не хотелось уезжать из Симферополя. Здесь у него было всё, что нужно нормальному человеку: любимое дело, уважение коллег. А что там, на Западе? Всё придётся начинать сначала.

Но с другой стороны, в глубине души Михаил и сам чувствовал: кое в чём Таня права. Горбачёвская «оттепель» принесла много изменений, открыла неожиданные возможности, но одновременно с этим пришла неуверенность в будущем. Поэтому он не стал спорить с женой.

Проблемы в выборе страны не было. В США жила многочисленная родня, связь с которой уже наладилась. А в Канаде у Михаила появилось много деловых партнеров. Переезд в США, поближе к родным, в то время представлялся ему наиболее целесообразным.

Однажды, будучи в Москве, Михаил навестил своих родственников. Посидели за столом, поговорили о том, о сём, а потом двоюродный брат Сергей пригласил его в свой кабинет:

— У меня есть для тебя кое-что интересное.

Сергей выдвинул ящик стола и вытащил из него какую-то схему.

— Это генеалогическое древо нашего рода. Вот наш прадед, вот дед, вот твой отец, а это мой, а это дети — твои и мои…

Михаил был поражён и восхищён такой скрупулёзной работой. Напротив каждого имени были аккуратно написаны номера телефонов и места проживания.

— Я эту схему получил от моего покойного отца, а как она попала к нему, не знаю, — пояснил Сергей. — Слушай, Михаил, ты часто бываешь за границей. У меня к тебе просьба. Если сможешь и, конечно, если не боишься, разыщи наших американских родственников. Тебе это будет легче, чем мне. Видишь, как нас судьба раскидала.

Трогательный момент, когда родословная впервые попала в его руки, Михаил не забудет никогда. Он получил информацию обо всех неизвестных ему ранее американских родственниках. С этого момента его главной мечтой стало желание собрать всю родню за одним столом. Сегодня, спустя годы, Михаил называет эту, как оказалось, иллюзорную мечту: «Bubeldream».

Вернувшись в Симферополь, Михаил показал жене то, что получил от Сергея. Она долго рассматривала схему и расспрашивала его о родственниках. Михаил достал из своего архива старинную фотографию. Большая семья расположилась в кадре строго по правилам жанра: в центре — родители, вокруг — дети разного возраста, шесть сыновей и самая старшая - дочь Рива. Михаил с гордостью показал: вот мой дед — основатель нашего рода, а вот это — мой отец...

На следующий день, когда он вернулся с работы, Татьяна встретила его словами: «А у меня для тебя сюрприз!» Он молча посмотрел на жену, подумав: «Что ещё придумала?», а она уже протягивала ему из-за спины какой-то листок. Это оказалось то самое генеалогическое древо, но только выполненное в цвете и на добротной бумаге.

— Вот здесь — ветви американских родственников, а это — родственников, которые живут в Советском Союзе, — радостно пояснила Татьяна.

— А это что? — спросил Михаил, указав на два новых маленьких квадратика около его имени.

— Это я и Серёжа. Мы же члены твоей семьи, правда?

...Как-то раз Михаил выбрал наугад одно из американских имён на схеме — Генри Бубель — и позвонил по указанному рядом телефонному номеру. Приглашая Генри к себе в гости, Михаил понимал, что берёт на себя определённый риск: полная свобода поддерживать связи с родственниками за границей только наступала. Тогда Михаил не знал, что эта встреча окажется роковой и разрушит всю его жизнь. Но это будет намного позже, а пока Михаил начал основательно готовиться к приезду гостей. По его просьбе президент фирмы «Наш дом» Святослав Вишневский поручил отделу приёма иностранных гостей разработать программу встречи американцев. Михаил хотел собрать всех родственников, поэтому был забронирован целый этаж ялтинской гостиницы «Ореанда». Впрочем, многие номера остались пустыми: по разным причинам часть родни не приехала.

Татьяна проявляла живой интерес ко всем приготовлениям. Ей не терпелось встретиться с американскими родственниками мужа.

И вот, наконец, наступил долгожданный день. С самого утра наш герой уже в который раз проверил, всё ли готово к приёму гостей, и заблаговременно отправился с семьёй в симферопольский аэропорт. В зале ожидания было шумно и многолюдно. Громкоговоритель то и дело объявлял прибывшие рейсы, пока не раздалось долгожданное: «Москва — Симферополь». Михаил тут же стал продвигаться сквозь толпу встречающих прямо к лётному полю. По договорённости с администрацией аэропорта всем было разрешено встречать гостей не в общем зале, а ближе к трапу самолёта.

«Как я их узнаю? Мы же общались только по телефону!» — встревожился Михаил и стал пристально всматриваться в лица пассажиров, уже спускавшихся с трапа. Заметив двух явных иностранцев, Михаил решительно двинулся им навстречу. Это действительно были его американские кузены Генри и Овен. Подтянутые фигуры, лёгкая спортивная походка, интеллигентные лица. Так у Михаила состоялась первая «встреча с Америкой».

Двоюродные братья стояли и молча смотрели друг на друга. Михаил часто представлял себе эту сцену, но к нужному моменту слишком переволновался. Он стоял перед родственниками, не зная, что сказать. Но рука сама собой потянулась для приветствия, все трое радостно обнялись, и неловкость исчезла, после чего Михаил уже спокойно представил братьям Татьяну, Артура и Сергея.

По пути в Ялту Михаил показал гостям своё детище — экспериментальную застройку в Марьино. Красоты Крыма братьев просто потрясли, и они никак не могли понять, почему советские люди всеми правдами и неправдами стремятся попасть на Запад.

К вечеру прибыли в Ялту, в отеле «Ореанда». Генри, увидев роскошные номера, предназначенные для них, тихо проговорил:

— Михаил, к сожалению, я не смогу обеспечить тебе такой же дорогой номер, когда ты приедешь в Америку ко мне в гости.

Наступила очередь Михаила удивиться. Он и не предполагал, что люкс в отеле заставит Генри чувствовать себя обязанным ему.

Так люди, далёкие по духу и воспитанию, но принадлежащие к одному роду, встретились, что в дальнейшем определило всю его жизнь.

Глава VII

Пришло время Михаилу побывать в Америке с ответным визитом. Генри встретил его очень радушно. Ему не пришлось тратиться на проживание гостя в дорогом отеле: Михаил жил в доме Генри уютном городке Стэмфорд, пригороде Нью-Йорка.

Этот визит принес Михаилу массу вопросов.

С одной стороны Михаил, посетив расположенный в Рокфеллеровском центре офис фирмы кузена, понял, как много может достичь в Америке способный человек, такой как Генри.

Это была очень известная американская юридическая фирма Patterson Belknap Webb&Tyler. Весь день Михаила не покидала мысль: как был бы счастлив дед Соломон, если бы он знал, как сложилась судьба его правнука Генри. С другой стороны, Михаил остро почувствовал, что в Америке в условиях жесткой конкуренции выживает только сильнейший.

И однажды Генри это доказал, проявив чудеса отваги, граничащей с бесшабашным авантюризмом первых американских золотоискателей.

Из записок Михаила Бубеля :

«В первые годы перестройки я старался убедить Генри начать деловое сотрудничество с российскими бизнесменами. Но я и не ожидал, что однажды это примет очень рискованную форму. Как-то в Торонто в 1992 году я познакомился с Вячеславом Сироткиным, приехавшим в Канаду из Сибири. Мы встретились с ним абсолютно случайно на деловом форуме. В те годы он был одним из первых «новых русских» в Канаде и стремился покорить ее своим богатством. Вячеслав утверждал, что он владелец кимберлитовых трубок, то есть, алмазных шахт в Сибири и ищет инвестора для их совместной разработки. Верилось в это с трудом. Вячеслав показал мне очень сомнительные бумаги, из которых следовало, что он якобы имеет какое-то отношение к этим алмазным шахтам. Все было очень подозрительно и выглядело как афера.

Я позвонил Генри в Нью-Йорк и все рассказал, как есть, без утайки, ожидая, что Генри в принятой для американцев в таких случаях манере скажет «бульшит». Реакция Генри меня поразила. «Я срочно хочу встретиться с этим Сироткиным, - сказал он. - Жди меня в Торонто в ближайшие дни». И вот наступает день, когда Генри приземляется в Торонто на частном самолете со своим американским другом - миллионером мистером Грецингером. Мы встречаем их в частном аэропорту Торонто, Сироткин за рулем шикарного «Линкольна». Наши гости легко спускаются с двухмоторного частного «Боинга», и вот мы уже по пути в штаб-квартиру Вячеслава Сироткина. Там все готово к приему важных гостей.

Сироткин разыгрывает перед американцами целый спектакль. Он не скупится на тосты и угощение, рассказывает, какой он крутой и богатый, дарит Генри подарок - самоучитель русского языка. Вячеслав болтает всякую чепуху - все вокруг да около. Но американцы очень сдержанны и в еде, и в выпивке, они просят Сироткина скорее перейти к делу и рассказать о сибирских алмазах. Вячеслав достает бумаги и передает их Генри. Тот внимательно читает и задает вопросы. Вячеслав сильно путается в ответах, в частности, на вопрос, является ли он собственником этих алмазных шахт. Я ждал, что сейчас Генри отзовет меня в сторону и скажет долгожданное американское «бульшит». Но не тут было, я не поверил своим ушам, когда услышал, как Генри обсуждал с Сироткиным план своего скорейшего полета в Якутию на алмазные шахты. А это, я напомню, был еще 1992 год - разгар российского рэкета и раздела собственности.

Вячеслав объяснял Генри, что лететь надо до города Красноярска, а оттуда еще 400 км по глухой тайге. Я не верил происходящему, думая: «Да катись они пропадом эти кимберлитовые трубки, жизнь дороже». Когда я услышал, что сам Сироткин не полетит с Генри в Сибирь - у него, видите ли, там проблемы с местными ребятами, то тут я не выдержал и сам отозвал Генри в строну, сказав ему, что эта поездка смертельно опасна в условиях нынешней России. Но Генри, улыбнулся и похлопал мня по плечу: «Я своими глазами хочу увидеть эти кимберлитовые трубки», - сказал он. Причем, я видел, что это была не просто безрассудная храбрость, но и четкий деловой расчёт – он понял или почувствовал в этом предложение нечто, чего, возможно, не заметил я.

Поездка в Сибирь состоялась, и, к счастью, Генри вернулся живым и невредимым. Не знаю, состоялся ли у Генри контракт с Вячеславом Сироткиным по разработке кимберлитовых трубок. Генри предо мной не отчитывался. Но в целом, с моей легкой руки, дела Генри в России пошли очень успешно. Вскоре он открыл офис в Москве с видом на Кремль.

Так я узнал, что американский характер - это фактор, с которым надо считаться. Это не растерянный Горбачев, потерявший всю страну одним махом. Это совсем другое, доселе мне не ведомое.

Однажды, мне удалось поближе познакомиться с господином Грецингером, а заодно побывать на типичном американском производстве. Как-то в один из визитов к Генри, а жил он не в самом Нью-Йорке, в городке миллионеров Стэмфорде, штат Коннектикут, Генри сказал мне: «Сегодня я покажу тебе настоящий американский завод».

Мы некоторое время ехали по живописным местам штата Коннектикут, как вдруг, совсем неожиданно, оказались у ворот фабрики. Как мне показалось, завод был расположен прямо в лесу. Встретил нас хозяин - сам Грецингер, молодой, красивый, энергичный, и пригласил пройтись по цехам.

Я вырос директорским сыном и очень часто отец водил меня по цехам его завода, в том другом мире, которого уже не существует. Папин советский станкостроительный завод радикально отличался от того, что предстал моему взору сейчас.

Завод Грецингера, тоже был машиностроительным и, кажется, производил мощные кондиционеры и вентиляционные устройства. Но это был другой завод. Можно сказать и иначе: мне показалось, что завода в моем советском понимании вообще и не было. Цеха были расположены в сборных модулях - очень чистые и светлые. Внутри это походило на выставочный павильон или большой учебный комплекс. Рабочих я почти не видел, вернее, я не видел толпы рабочих - их было очень мало.

Грецингер, большой любитель собак, пришел на завод со своими питомцами. За ним по цехам бежала стая охотничьих псов – огромных, очень породистых и красивых. Псы дружелюбно относились к рабочим, а рабочие их не замечали, делая свое дело. Порой мне казалось, что я попал в параллельный мир, и здесь на заводе работают не люди, а собаки.

И сам Грецингер, хозяин завода, не был похож на моего отца, советского директора. Он шел по цеху, как посторонний, не давал никаких указаний рабочим, и за ним не бежал начальник цеха. Хозяин завода был бы и не заметен в своем цеху, если бы не стая охотничьих псов, вившихся за ним.

По пути домой Генри рассказал, что Грецингер коллекционирует боевые самолеты разных времен. Я грустно молчал, вспоминая своего отца - он на свою зарплату не мог позволить себе купить даже хорошую машину.

Генри тоже замолчал, казалось, он прочитал мои мысли или мысленно унесся в Россию, где к тому времени его фирма уже занимала прочные позиции. Американцы покоряли Россию, и ельцинская Россия как блудная девица им отдавалась без сопротивления. Сам Генри в то время уже консультировал премьер-министра России господина Черномырдина, в частности, по вопросам получения американских кредитов.

Американские кредиты шли в Россию, но заводы, как у Грецингера, там не строились или почти не строились. Во всяком случае, в прессе я об этом не читал. Я только слышал о том, что в России дефолт, народ бедствует, пенсионеры умирают. А что бы делал мой отец, если бы дожил до этих времен? Как бы он существовал на свою даже директорскую пенсию?

Я думал о том, почему американские кредиты не попали в руки российского народа. Ну, хотя бы американцы догадались дать России помощь в виде плана Маршалла /European Recovery Program/, как США помогали Европе после Второй мировой войны. Я грустно думал: «Не везет России с Америкой», глядя на невозмутимое лицо Генри, сидящего рядом, за рулем шикарного автомобиля.

Но, я не решался об этом заговорить с Генри, боялся или стеснялся - не знаю. Я до сих пор чувствую себя с ним, не равным, а младшим, хотя я старше его на целое поколение. Дело, наверное, в том, что очень разные мы с американцами.

Неожиданно Генри прервал молчание и тихо заговорил о нашей еврейской родословной. Я весь сжался и слушал, затаив дыхание. В те далекие годы это была очень больная тема для меня как для человека, выросшего в СССР.

Я подумал, сейчас будет длинный разговор - обогащение друг друга опытом страданий, которые выпадают на долю евреев. Но, к моему счастью, Генри ничего грустного рассказывать не стал, он только открыл мне тайну, которую я, честно говоря, до сих пор не осознал.

Генри, не отрывая взгляд от дороги, произнес: «Наш род по деду Соломону принадлежит к Коэнам». Кто такие Коэны, в то время я не знал, и спросить его не решился, а потому слушал его, молча, как, казалось мне, обязывает посвящение в тайну. Но Генри объяснил сам: «Коэны — это потомки Аарона, священнослужители в Иерусалимском Храме».

Тут я вспомнил рассказы отца о Храме. Когда я немного подрос, он иногда находил время и, если рядом никого не было, полушепотом рассказывал мне истории о Храме. Теперь, когда я понял, что там были и мои предки, эти воспоминания меня очень взволновали.

Вскоре, приехали домой к Генри и я, сославшись на сильную усталость, быстро ушел в свою комнату. Закрыв глаза, долго лежал на диване и вспоминал отца, наш уютный дом на краю земли. Вот папа снова рассказывает о Храме ...

Не знаю, как я уснул, но помню мой сон, который унес меня в далекое прошлое - в Иерусалимский Храм...

Генри я этот сон не рассказал до сих пор,- он оказался пророческим.

Прошло много лет, но этот сон не выходит у меня из головы. Мне снился Иерусалимский храм,- это был третий Храм.

Я ожидал своей очереди в приемной Первосвященника третьего Иерусалимского Храма.

Оглянувшись по сторонам, я очень удивился, в очереди на прием сидели люди, многие из которых мне были знакомы, или мне казалось, что я их где-то встречал раньше. Периодически служитель громко выкрикивал имя и фамилию. Человек, имя которого он произносил, подымался с белокаменных сидений и входил в огромный светлый зал, большие двери которого быстро закрывались за его спиной.

Передо мной служитель выкрикнул - «Соломон Бубель»! Я вздрогнул от неожиданности, и мне показалось, что это знакомая фамилия, «где и когда я мог встречаться с этим человеком?»-думал я. Посмотрел на окружающих; - многие из них, мне показалось, думали о том же. Служитель заметил мою растерянность и спросил меня: «Вы не можете вспомнить этого человека? Я сделаю исключение для Вас, пройдёмте на балкон, и вы услышите все то, о чем Первосвященник будет говорить с Соломоном Бубелем». Поднявшись на балкон, я стал внимательно всматриваться в лицо Соломона Бубеля, черты лица которого мне показались очень знакомыми.

Соломон стоял напротив Первосвященника с гордо поднятой головой, вся его поза выражала бесстрашие и торжество веры. Первосвященник резко прервал молчание — «Соломон Бубель, вы готовы ответить за дела ваших потомков»? Мне стало не по себе, появилось ощущение ужаса от услышанного. Скорей бы кончился этот сон. Почему Соломон Бубель должен отвечать за своих потомков? Первосвященник продолжал — « Вы Козны, потомки Аэрона, настало время вам вернуться к прямым своим обязанностям, служению в третьем Иерусалимском Храме, и сегодня я приму решение: кто из вашего рода достоин это великого предназначения. И так, начнем». На этом сон оборвался - я проснулся».

Позже, в 1994 году Генри рассказал Михаилу потрясающую историю. Ему довелось участвовать в «сделке века», обеспечивая юридическое сопровождение продажи высотного небоскрёба EmpireState Building миллиардеру Дональду Трампу и другим европейским и азиатским инвесторам. Тогда Дональд Трамп купил половину этого рукотворного чуда, архитектурного сооружения, входящего в список национальных исторических памятников США.

Вот он - секрет успеха делового американца, думал Михаил, Генри, внук бедного иммигранта из России, достиг таких звездных высот в своей карьере. Дополнительную прелесть истории про Empire State Building придавал тот факт, что к ней был причастен Дональд Трамп, его любимый писатель, каждую новую книгу которого он буквально проглатывал.

Но сейчас, во время своего первого визита в Америку, Михаил напряжённо думал, какую страну выбрать для жительства, если, к несчастью, ему придётся покидать родину, — США или Канаду.

А вскоре судьба сама предопределила выбор.

Это случилось следующим образом. Михаилу очень повезло: его пригласил на стажировку канадский университет Макгил (McGillUniversity). Татьяна, узнав об этом, заметно оживилась и стала просить мужа взять ее с собой:

— Сам подумай, ведь ты едешь надолго. И что же это за семья такая, когда мужа и жену разделяет океан? Неужели тебе самому хочется ехать одному за тридевять земель?

Михаил, по натуре человек семейный, действительно не выносил одиночества. А Татьяна прекрасно изучила его «болевые точки» и ловко им манипулировала. Ему не хотелось спорить, а её глаза были полны такой нежностью, что он только улыбнулся в ответ и произнёс:

— Вот что ты умеешь, так это убеждать. Хорошо, я сделаю тебе студенческую визу.

Было решено, что он поедет в Монреаль первым, а позже и она присоединится к нему.

Однажды вечером, когда супруги уже были в постели, Татьяна обняла Михаила и тихо спросила:

— Знаешь, чего я хочу, дорогой? — И сама ответила: — Я хочу, чтобы у нас была одна фамилия.

Михаил почему-то интуитивно не хотел, чтобы жена носила его фамилию. Подсознательно он чувствовал, что не до конца ей доверяет, но объяснить это логически не мог, а потому по привычке отшутился:

— Тогда давай оба перейдём на твою девичью фамилию!

— Час от часу не легче! — возмутилась Татьяна. — Ты что, не понимаешь, что мы должны носить фамилию Бубель? Твои американские родственники тоже ведь носят эту фамилию?

Михаил утвердительно кивнул.

— Так неужели тебе не приходит в голову, что с твоей фамилией нам будет гораздо проще пробиться в жизни?

У него в голове пронеслось: «Что за навязчивая идея - получить мою фамилию?». Но вслух он миролюбиво сказал:

— Ну, ладно, не злись, — Михаил, обнял её и попытался поцеловать, но Таня резко скинула его руку и отодвинулась.

— У меня пропало настроение заниматься любовью, — отрезала она.

Михаил был неприятно удивлён и обижен. Иногда у них с Татьяной случались стычки, но с такой грубой и откровенной манипуляцией он ещё не сталкивался. И всё-таки он решил и эту ссору перевести в шутку:

— Вот когда выполнишь своё обещание родить ребёнка, тогда и получишь мою фамилию. А для этого нужно как минимум заниматься любовью.

Глава VIII

Михаил неспешно готовился к отъезду. Занятия начинались 6 сентября, а был ещё август. «Времени предостаточно, — думал он, направляясь рано утром 19 августа в свой офис.

— Самое главное — оформить доверенность на право распоряжаться моим строящимся домом отцу Тани.

Выезжая на главный проспект Симферополя, Михаил вынужден был затормозить: вся трасса была запружена военными автомашинами. Тревога сжала его сердце. В стране уже давно было неспокойно. В этот момент он ещё не знал, что армия выдвигалась в Форос, где была дача Горбачёва.

Когда он добрался до офиса, тревожно зазвонил телефон.

— Михаил, беда! Возвращайся скорее! — звенел в

трубке голос Татьяны.

— Какая беда?! Что случилось?! Да говори ты толком!

— В Москве государственный переворот! Умоляю, приезжай домой!

Войдя в свою квартиру, он увидел, что вся семья сидела у телевизора — шла трансляция балета «Лебединое озеро».

— Сейчас начнётся выпуск новостей, — сказала Татьяна.

И верно, на экране появилась группа людей, именовавших себя ГКЧП.

— Ну что, дождался? — набросилась на него Татьяна. — Я тебя сколько раз предупреждала, что у этой страны нет будущего! Сегодня же улетай в Канаду, пока не закрыли границы!

— А как же Артур? Как мой недостроенный дом?

— Артур побудет с Серёжей, а потом уедет домой, в Киргизию. А твой дом.... Сейчас оформим доверенность на моего папу у нотариуса, и дело с концом. Ну, а я прилечу в Канаду немного позже…

Михаил совершенно растерялся. Он и не предполагал, что придётся так неожиданно, срочно покидать свою страну.

Позднее Михаил в своих воспоминаниях так описал этот день:

«Самолёт, на котором я прилетел из Симферополя в

Москву, приземлился в аэропорту Внуково. Над Москвой сгущались сумерки. Весь полёт я вспоминал, как сын смотрел на меня, когда мы прощались. Меня тогда охватило странное предчувствие, что я больше никогда его не увижу.

— Улетай, папа, — сказал Артур на прощание. — Я прилечу к тебе в Монреаль.

Я смотрю на сына. Глаза в глаза. Последний миг...

Аэропорт Внуково был необычайно многолюден. Но мне нужно было попасть в Шереметьево — самолёт в Монреаль вылетал оттуда рано утром. Оставалось всего несколько ночных часов, чтобы успеть к регистрации на посадку. Быстрым шагом я вышел к стоянке такси.

— Пожалуйста, до Шереметьево, — попросил я первого встретившегося водителя.

— Что вы! — только посмеялся в ответ добродушный толстяк. — В Шереметьево только пешком добраться можно. Вся кольцевая бронетехникой запружена. К Белому дому стягиваются танковые колонны.

Вот так я получил информацию о положении в столице и почувствовал себя беглецом. Беглецом из страны, которую любил, беглецом в никуда.

«Что будет — то будет. От судьбы не уйдёшь. Если доеду до Шереметьево — улечу в Канаду, если нет — вернусь в Симферополь», — рассудил я.

В полной растерянности подошёл к группе таксистов, которые обсуждали последние события. Среди них выделялась женщина, рассказывавшая о том, что она недавно вернулась из центра и видела, как туда стекаются два потока: один — защитники Белого дома, другой — танки и бронетранспортёры, готовящиеся его штурмовать. Я был далёк от политики, но понял, что и таксисты разделились два лагеря в своих политических предпочтениях. Одни поддерживали ГКЧП, другие были категорически против. «Как всегда на Руси — стенка на стенку», — подумалось мне.

Женщина пылко агитировала. Она говорила, что надо ехать и уговаривать солдат не стрелять. Потрясённый, я с восхищением слушал её. Она казалась мне похожей на Жанну д'Арк, какой ту изображали на репродукциях в школьных учебниках.

«Какая бесстрашная! А что если именно она отвезёт меня в Шереметьево? Да нет, — отгонял я эту мысль, — даже мужчины боятся». Но всё-таки, протиснувшись через толпу, подошёл к ней.

— Мне нужно в Шереметьево, самолёт через несколько часов. Поедете? — с вызовом посмотрел я на неё. Таксисты затихли.

— Смотря, сколько заплатите. Сегодня рискованно — кругом танки и бронетранспортёры.

За высокими политическими идеалами она не забыла о выручке.

— Я понимаю, во всяком случае, я Вас не обижу.

Мы договорились о цене, и под восхищённые взгляды толпы она направилась к машине, а я за ней.

Через пятнадцать минут мы выехали на кольцевую дорогу. Я на всю жизнь запомнил эту потрясающую картину. Ночь. Ясная луна. На танках отблески лунного света.

— Что делать? Мы не проедем!

— Не волнуйтесь, я знаю объездные дороги, — приветливо махнув солдатам, она свернула на просёлок.

«Ну и попал я в переплёт», — рассуждал я, пока такси тряслось по просёлочным ухабам в самом центре России. «Это не твоё дело, ты далёк от политики. Ты ни на той, ни на другой стороне. Сейчас ты просто студент и должен прибыть на занятия к сроку, — сначала оправдывал меня внутренний голос, но потом посыпались обвинения: — Ты — беглец! Ты не на баррикадах и не в танке. Ты — молчаливая Россия, которая даже не имеет своего мнения».

В споре с самим собой я не заметил, как мы подъехали к Шереметьево.

— Рейс не отменяется? — спросил я, подавая билет на регистрацию.

— Нет, всё по расписанию, — ответили мне.

Каким-то чудом до аэропорта добрался проводить меня мой московский знакомый Юрий Новиков. Простились. И вот взлётная полоса уже позади, широченные крылья красавца-лайнера Ил-62 поднимают меня всё выше и выше. «Десять, двадцать, пятьдесят метров... — пытаюсь я оценить высоту. — Уже сто, тысяча...» С огромной скоростью уносится от меня родная земля, может быть, навсегда.

Всю долгую дорогу меня сверлила мысль: почему Горбачев в столь критический для страны момент оказался на даче «Заря» в Форосе, а не в Кремле на своем посту? Полагаю, он не мог не знать о готовящемся путче.

Монреаль встретил прилетевших из Москвы толпой местных журналистов: «Что там, что произошло у вас на родине?» Мне было не до них, да и что я им мог сказать?.. Сел в такси и уехал в университетский кампус.

Так началась моя студенческая жизнь, а вскоре ко мне присоединилась и Татьяна.

Я понимал, что сейчас моя главная цель — забрать в Канаду сына. И вот 29 октября 1991 года по моей просьбе заместитель ректора университета оформил Артуру приглашение посетить Канаду.

Никогда не забуду тот день, по-осеннему красивый и тёплый. Я проснулся рано утром и был полон энергии. Вместо обычных трёх кругов на утренней пробежке сделал пять. Этого мне показалось недостаточно, и я побежал по незнакомой аллее, устланной золотым ковром листьев. Она манила куда-то вглубь, и я продолжал бежать, преодолевая уже подкрадывающуюся усталость.

Как-то неожиданно открывшаяся в конце аллеи поляна оказалась... старым кладбищем. Почему именно кладбище в это прекрасное утро? Я никогда его раньше не видел... Нехорошее предчувствие шевельнулось у меня в душе. К концу дня ожидание чего-то страшного только усилилось.

В тот вечер я с Татьяной был приглашён на хоккейный матч между командами преподавателей и студентов университета. Вначале я наблюдал за игрой внимательно, но потом как будто какая-то сила сжала моё сердце в тиски. Фигуры хоккеистов, казалось, превратились в ледяные скульптуры, которые двигались медленно, постепенно застывая. Стало очень и очень холодно, будто я сам превращался в лёд. Не понимая, что со мной происходит, я ушёл с хоккейного матча.

По дороге в студенческий кампус меня трясло, как в лихорадке. Взбежав по лестнице, я бросился к двери моей комнаты. Долго не мог попасть ключом в замочную скважину — так дрожали у меня руки. Открыв, наконец, дверь, я обнаружил письмо-факс от моего брата из Киргизии: "Сегодня погиб Артур".

Случилось непоправимое. Бабушка нередко предупреждала внука о том, что электрический ток очень опасен и что он может превратиться в смертельную молнию. Но никто не мог предположить, что эти слова мистическим образом окажутся пророчеством. Гибель сына была ужасна. Короткое замыкание от стоявшей в ванной стиральной машины стало причиной его смерти…

Вскоре Советский Союз прекратил своё существование. В Монреале я узнал о Беловежских соглашениях, и мне стало понятно, что таким образом заложена мина замедленного действия под стабильность и безопасность народов, населявших Советский Союз.

С грустью я наблюдал по телевидению церемонию отставки Михаила Горбачева. Его слова «Я прекращаю свою деятельность на посту президента СССР» болью отозвались в моем сердце. В тот момент я сказал себе: «все, с меня хватит - экспериментируйте без меня!» и принял окончательное решение - не возвращаться домой.

Очень трудно было «перерезать пуповину», связывающую меня с родиной, но я запомнил какое-то потерянное лицо президента СССР в момент отставки, и именно растерянное выражение его лица и стало главным фактором моего решения. Возможно, если бы не этот «фактор Горбачева», моя судьба сложилась по иному, без заокеанских коллизий.

Вскоре мне сообщили из Симферополя, что там скончался президент фирмы «Наш Дом» Святослав Иванович Вишневский. Он не выдержал того, что вместе со страной рухнуло и дело всей его жизни.

Возвращаться, по сути, уже было некуда, и я с Татьяной принял решение остаться в Канаде и поселиться в англоязычном Торонто».

Глава IX

Смерть сына расколола жизнь Михаила на «до» и «после». Он жил и не жил одновременно.

— Ну что ты тоскуешь?! — недоумевала Татьяна. — Сходил бы к врачу, что ли. Пусть он таблетки выпишет, может, полегчает. А то бродишь тут как привидение!

Михаила неприятно удивил такой резкий тон, однако он решил последовать совету жены.

Семейный врач, пожилой человек с мудрыми усталыми глазами, таблеток не дал.

— Вы знаете, — сказал доктор с грустной улыбкой, — у меня нет таблеток, которые могут помочь вам. Два года тяжело будет, хоть пей, хоть не пей таблетки. Как камень на шее. А потом отпустит. Потерпите, голубчик, потерпите. Время лечит, крепитесь.

Однажды вечером Михаил спросил:

— А может быть, нам вернуться в Крым?

— Ну и куда мы сейчас? На голое место? — горячо возразила Таня. — Там же уже ничего не осталось: ни той страны, ни твоего дела — ничего!

Она мечтательно вздохнула и продолжила с ещё большим напором:

— А здесь замечательная страна, прекрасная медицина, социальное пособие.

Через несколько месяцев Таня сообщила радостную новость: она беременна. Тогда Михаил словно оттаял. У него появился новый смысл жизни. Он начал жить ожиданием.

Канада, в целом, встретила их очень гостеприимно. Социальные службы дали пособие на оплату квартиры и питание. Таня не переставала восхищаться страной, а у Михаила на душе скребли кошки. «Потерпите два года, а потом отпустит», — не раз вспоминал он слова доктора.

Как бы то ни было, Таня категорически отказывалась возвращаться в Крым.

— И потом, как же моя беременность? Мне и ехать куда-то сейчас тяжело. Пойми, ребёнку тут будет лучше!

— Давай тогда заберём сюда Серёжу, — решительно предложил Михаил, — ну что ему там, в Крыму, одному делать?

— Во-первых, не один он там, а с дедом, а во-вторых,

пусть присматривает за моей квартирой, — возразила Таня.

— Неспокойно там. То и дело слышишь о каких-то бандитских разборках.

— Ах, вечно тебе какие-то страхи мерещатся! Здесь, в Канаде, Сергей будет нам обузой, — парировала Таня.

— Летом я мечтаю жить во Флориде, как это делают все канадцы, а Серёжа будет лишним.

Михаил был сражён наповал таким «аргументом»:

— Что??? Как может быть лишним для тебя твой родной сын?! — бросил он в лицо жене.

— Ну, хорошо, забирай сам. Я вмешиваться не буду. Достань денег на переезд. Но его же всё равно не пустят в Канаду, не дадут визу. Закон говорит, что забрать сына можно будет, пройдя определённую длительную иммиграционную процедуру.

— Я попрошу помощи у моего кузена Генри. Он сначала заберёт Серёжу в США, а потом поможет перевезти в Канаду.

— Делай что хочешь! — отрезала Таня.

Она вышла из комнаты, хлопнув дверью, а Михаил продолжал неподвижно сидеть у стола. Его сердце беспокойно стучало, в голове шумело. Словно заноза, в мозгу засела мысль: «Что же за человек моя жена? Как она могла сказать, что её родной сын может быть ей обузой! Или это беременность так повлияла на неё? Родит — и всё придёт в норму? Или…»

Глава X

Михаил тщательно продумывал план, как забрать Сергея. Прежде всего, нужно было найти деньги. Он прикинул все свои финансовые возможности. В Симферополе у него оставался земельный участок, на котором началось строительство большого особняка, и присматривал за ним тесть.

— А как обстоят дела с моим проектом в Симферополе? Что говорит твой отец? — спросил он жену.

Она, покраснев и потупив взгляд, тихо ответила:

— Твой проект продали…

— А деньги где? — насторожился Михаил.

— Уже потратили, — ещё тише произнесла Татьяна. — Тебе не говорили, чтобы не расстраивать.

Михаил был в шоке, он хотел возмутиться, но… вдруг на него нахлынули воспоминания об Артуре, и он промолчал. Что значат деньги, если нет больше единственного сына!

— На меня не рассчитывай! — заговорила Таня уже совсем другим тоном. — Ты знаешь, что меня сняли с социального пособия.

— И правильно сделали. Не надо было обманывать социальные службы, я сколько раз тебе говорил!

«Серёжу я заберу, чего бы мне это ни стоило», — решил Михаил. Он позвонил кузену Генри и попросил его помочь, подчеркнув, что оплату билетов и других расходов, связанных с переездом Сергея в Нью-Йорк, гарантирует.

В те годы Генри часто летал в Москву по делам, и в самый ближайший приезд он выполнил просьбу Михаила. Около входа в американское консульство его уже ждал Сергей. И вот, наконец, заветная американская виза получена, и можно заказывать билеты до Нью-Йорка.

Михаил даже не рассчитывал, что всё произойдёт так быстро. Вскоре Сергей уже позвонил в Торонто из Нью-Йорка. Генри гостеприимно оставил Серёжу у себя, пока готовился его переезд в Канаду. Всё, теперь можно вздохнуть спокойно, теперь мальчик в безопасности…

Месяц спустя Сергей уже был в Торонто и постепенно привыкал к новой жизни, а Михаил почувствовал прилив сил и энергии. Жизнь обрела новый реальный смысл: семья была в сборе.

Сергей, любитель автомобилей, был потрясён таким

обилием разных дорогих марок на улицах. «Смотри, это редкая модель «Феррари», а это «бентли»! — восклицал он в полном восторге. — Я никогда не видел таких машин ни в Симферополе, ни в Москве».

Однажды они поехали все вместе на Ниагарский водопад. Это было потрясающее зрелище! Сергей смотрел на величественную стену из воды как завороженный, в глазах его сиял восторг. Наконец, он повернулся к Тане и Михаилу и произнёс: «Это… замечательно!».

Вернувшись домой, Сергей, утомлённый долгим, пусть и увлекательным путешествием, мгновенно уснул, едва коснувшись подушки головой, а Михаил, счастливый и умиротворённый, сидел в кресле с бокалом вина и смотрел на жену.

— Скоро у нас прибавление. Ты родишь ребёнка, и наконец-то у меня будет настоящая семья, — сказал он мечтательно. — Я так этого жду!

Татьяна резко отставила свой бокал.

— А зачем? — спросила она, скривив недовольно рот.

— Что «зачем»?! — в свою очередь удивился Михаил.

— Зачем рожать? Нет, я не буду, я передумала. Я сделаю аборт.

— Но… ты же обещала… ты же давала слово, в конце концов!

— Ну и что, что давала слово? Я должна быть заложницей своего слова?! Сейчас у нас есть сын Сергей, что тебе ещё надо? Что же касается меня, то здесь на Западе я не хочу терять время: надо делать деньги!

— Танюша, ты шутишь, да? — с надеждой в голосе спросил Михаил.

— Я устала, хочу спать, — только и ответила она.

Михаил ворочался с боку на бок и терялся в догадках, какая муха укусила Татьяну. «Может быть, пройдёт? — думал он. — Бог их разберёт, этих беременных женщин! Каких только капризов у них не бывает!»

Он ещё не раз уговаривал жену оставить ребёнка, но она отвечала уклончивыми фразами. Однажды, собираясь на работу, Михаил заметил, что Татьяна перебирает в сумке какие-то бумаги.

— Ты куда собралась? — спросил он.

— К врачу. На проверку, — ответила Таня, не поднимая глаз.

День прошёл тяжело. У Михаила всё валилось из рук. Он никак не мог отделаться от чувства тревоги, которое то и дело накатывало на него. Когда он вернулся домой, стало ещё хуже. Татьяна встретила его как обычно, но всё же что-то новое чувствовалось в ней. Да и в воздухе висело напряжение, пахло грозой, если не сказать бедой. Когда ужин подходил к концу, Михаил решился ещё раз спросить:

— Ты действительно хочешь сделать аборт?

— Уже сделала, — отрезала она. — Сегодня утром.

В глазах у Михаила потемнело, в голове зашумело, и

казалось, сердце вот-вот выскочит наружу. Он откинулся на спинку стула. Ощущение было такое, будто солнце погасло и упало с неба, разбившись на множество мелких шипящих угольков. И вдруг запоздалая и теперь уже бессмысленная догадка посетила его. Он понял, что изменилось во внешности жены: глаза!!! Всё это время она не смотрела прямо, а отводила взгляд. С трудом управляясь со своими мыслями, едва ворочая пересохшим языком, он спросил:

— Но… почему?! Ведь ты же клялась мне в вечной любви!

— А ты и поверил? Да я никогда тебя не любила! Мне нужно было попасть в Канаду. Наш брак был фиктивным, — выпалила Татьяна.

— Не фиктивным, а фальшивым! Всё, что ты делаешь, пропитано фальшью. Ложь, одна ложь!

Но дело было сделано, и ничего нельзя было вернуть назад. Он и раньше замечал, что в Канаде Татьяну будто подменили. Она постепенно становилась другой: из скромной, тихой и простой женщины превращалась в высокомерную, грубую и даже вульгарную эгоистку.

Его охватил холодный ужас, мысли путались, сердце болело. Михаил понял, что всё это время Таня лишь преследовала свою корыстную цель — попасть в Канаду любым путём. Эта женщина гнала его, как волчья стая гонит свою добычу. А теперь капкан захлопнулся!

Татьяна ушла в спальню, а он вышел на балкон. «Зачем тогда в Симферополе я показал жене свою родословную и открыл тайну нашей семьи!» — корил себя Михаил. С того момента Таня потеряла голову, идея бегства на Запад поближе к американским родственникам помутила ее рассудок.

Неожиданно пришла мысль: «ошибка в родословной!», ее надо исправить. Михаил раскрыл папку, в которой хранилось генеалогическое древо, и вычеркнул Таню, а заодно и Сергея. Но «ошибка» была роковой. Простить обман Михаил не смог- семья распалась.

Прошло несколько месяцев. Как-то раз, Михаил переходил улицу, и вдруг рядом с ним раздался резкий скрип тормозов. Он вздрогнул, отшатнулся и увидел в сантиметре от себя шикарный джип. За рулём сидела Татьяна.

— Вот это да! Очередной брак принес тебе деньги?- воскликнул Михаил.

Татьяна посмотрела на него свысока.

— Тороплюсь по делам!

Да, сейчас она уже гражданка Канады и возможно замужем за богатым канадцем.

… Он стоял один на безлюдном перекрестке огромного города. Красивого, живущего бурной жизнью, и бесконечно чужого.

Обрывки мыслей проносились у Михаила в голове и не давали сосредоточиться. Неожиданно вспомнился старый шлягер: «Опять от меня сбежала последняя электричка, и я по шпалам, опять по шпалам иду домой по привычке»...

«Я бы, наверное, тоже пошёл по шпалам домой. Только идти-то некуда. Пожалуй, это худшее, что могло со мной произойти...»

Однажды Михаил позвонил, чтобы попросить Татьяну вернуть ему очень дорогую для него старинную фотографию, на которой был дед Соломон с сыновьями. Ответ бывшей жены его поразил:

- Мне нет дела до твоих дурацких просьб. Ты — неудачник! Напрасно ты переехал в Канаду. Таких, как ты у нас называют «лузерами».

—Я переехал в США, чтобы быть рядом с родственниками, - пытался оправдаться Михаил.

— -Ты должен быть благодарен мне! Это я тебя перетащила тебя в Канаду: помнишь, как ты не хотел и упирался... И вообще, пошел ты....

«В чем секрет авантюристки? — как ей удалось так безбожно меня обмануть. Моника Левински, местного значения, — подумал Михаил, кладя телефонную трубку.

Приключения Михаила Бубеля на этом не закончились. Беды, случившиеся с ним, подвигли его стать писателем.

На этом поприще Михаилу тоже пришлось пережить эпопею, которая до сих пор остается для него загадкой.

Но это уже другая история.

Laureate Films

Всем заинтересованным лицам,

В эти непростые в экономическом плане — особенно для кинобизнеса — времена нам следует вкладывать во что-либо время и деньги с особой осторожностью. Однако эти же трудности предоставляют нам уникальные и необычные возможности; в том числе шанс создать кинокартину в рамках устоявшегося жанра боевика/приключенческого фильма на необыкновенной, экзотичной территории и с использованием новых приемов. Книга «Хранитель Сокровищ» Максима Корсакова может послужить основой для такого фильма.

Идея создания франшизы (первого из серии взаимосвязанных фильмов) в жанре боевика в духе Джеймса Бонда с использованием тематики Шелкового пути представляется весьма актуальной.

Съемки в Кыргызстане и соседних с ним странах позволят нашей продюсерской компании свести затраты к минимуму, мы сможем использовать природную красоту местности. Мы намерены, по возможности, привлекать киргизских актеров наряду с американскими и европейскими звездами, что позволит нам сделать фильм совместного производства, картину международного класса. Мы также будем стараться использовать местные таланты из числа вспомогательного персонала, создавая тем самым прецедент и инфраструктуру для будущих совместных проектов.

Я искренне надеюсь, что такое совместное производство станет первым шагом на пути постоянного сотрудничества, взаимовыгодного как в художественном, так и в экономическом плане.

Я буду рад ответить на любые вопросы и замечания.

833 N. Lima Street, Burbank, CA 91505
(323) 655-3611, ggrunfeld@mac.com
Габриэль Гранфельд, голливудский продюсер Laureate Films

С уважением,
Габриэль Гранфельд
Президент, LAUREATE FILMS

Загадка Голливуда

Все началось с того, что продюсер Голливуда Габриэль Гранфельд весьма лестно отозвался о моей книге «Хранитель Сокровищ», назвав это произведение новой «бондианой».

Он сообщил мне, что решил экранизировать «Хранителя Сокровищ» на свой киностудии.

У меня это вызвало двоякое чувство; с одной стороны - предел мечтаний, а с другой стороны - возник вопрос, почему известный голливудский продюсер, лауреат престижной международной премии Эмми заинтересовался произведением доселе неизвестного автора.

Габриэль Гранфельд объяснил мне это так: он давно мечтал снять фильм о Великом Шелковом Пути и много времени потратил на поиски литературного произведения, которое могло бы послужить основой сценария. Но, увы, шел год за годом, продюсер посетил много стран мира, но подходящего материала для голливудского фильма так и не нашел. Все литературные истории, которые «сыпались» отовсюду, по его словам, не тянули на голливудский шедевр. И когда он почти потерял надежду найти подходящий сюжет, неожиданно получил мою повесть «Хранитель Сокровищ». И случилось чудо! Габриэль Гранфельд тогда сказал мне: «Я нашел то, что искал многие годы». После этих слов я с головой ушел в этот проект, вкладывая все силы и имеющиеся денежные средства в подготовку литературного материала для экранизации моего произведения. Казалось все идет к успешной реализации проекта, пока дело не дошло до Соглашения между продюсером и мной как автором произведения.

Соглашение /приложение /оказался весьма непонятным - в нем я не нашел конкретных сроков экранизации «Хранителя Сокровищ».

По этой причине контракт с продюсером я не подписал, и вся эта история с Голливудом, так и осталась для меня загадкой.

Приложение:

Соглашение от 30 мая 2011 г. между компанией G & G Entertainment, Inc., ведущей коммерческую деятельность под названием Laureate Films («Laureate») по оказанию услуг между Габриэлем Гранфельдом («Гранфельд»), и Михаилом Бубелем или Максимом Корсаковым («Корсаков») в связи с разработкой и производством кинокартины для показа в кинотеатрах («картина») по книге под названием «Храни-

тель Сокровищ», написанной Корсаковым и опубликованной издательством *Liberty Publishing House* («книга»).

1. Корсаков заявляет и гарантирует, что он является единоличным владельцем книги и всех прав, титула и долей участия в книге и обладает всеми полномочиями заключить настоящее соглашение.

2. Гранфельд эксклюзивно ведет переговоры обо всех сделках по разработке, финансированию, производству и эксплуатации картины и всех последующих кинокартин, основанных на картине или на книге, в течение пяти (5) лет, начиная с указанной выше даты, причем этот срок автоматически продлевается на один (1) год, если *Laureate* будет вести активные переговоры по картине.

3. Корсаков имеет право утверждать условия опциона и покупную цену книги при условии, что он соглашается принять условия в рамках обычных параметров киноиндустрии США с учетом планируемого бюджета картины. От имени компании, описанной в пункте 4 ниже, Корсаков соглашается заключить письменное соглашение с финансистом картины, передающее все права, необходимые и обычно сопутствующие разработке и производству картины и последующих кинокартин, и связанные с ними права на согласованных условиях.

4. Через Гранфельда Корсаков совершает разумные доступ и участие в разработке и производстве картины при условии, что Корсаков понимает и соглашается с тем, что решения финансиста по всем вопросам являются окончательными.

5. Стороны понимают, что Гранфельд осуществляет написание, совместное написание либо контроль над написанием сценария для Картины в соответствии с правилами Базового соглашения гильдии сценаристов США («ГССША»). До 30 июля 2011 г. включительно Корсаков образует американскую компанию (под названием «*Treasure Productions*» либо, если это название недоступно, под названием по усмотрению Корсакова), которая незамедлительно подпишет ГССША, и Корсаков соглашается передать этой компании права на книгу.

6. Настоящее соглашение содержит все договоренности между его сторонами и может быть дополнено или изменено только в письменном виде с подписанием всеми сторонами. Настоящее соглашение регулируется законами штата Калифорния, США.

ПРИНЯТО И СОГЛАСОВАНО

G & G Entertainment, Inc., ведущая коммерческую деятельность под названием
Laureate Films 833 N. Lima Street, Burbank,
CA 91505 323-655-3611 ggrunfeld@mac.com

ЛИТЕРАТУРНЫЙ СЕРИАЛ

СЕКРЕТЫ
НА ВЕЛИКОМ
ШЕЛКОВОМ ПУТИ

ЧАСТЬ ПЕРВАЯ

ХРАНИТЕЛЬ СОКРОВИЩ

«Повесть Максима Корсакова захватывает вас, как кино. По сути дела, это готовый фильм. Книга чрезвычайно яркая, динамичная и необычно визуальная. Читать ее - истинное удовольствие. Она вполне может стать кинематографическим хитом».

— *Дейл Рейнольдс,*
Американский драматург и сценарист

Глава I

ПРАВИТЕЛЬСТВЕННОЕ ЗАДАНИЕ

Начав новую жизнь в Америке, я надеялся быстро разбогатеть, используя свои деловые и личные связи.

Но я никогда не забывал Кыргызстан, где провел большую часть жизни, и где осталось много близких мне людей, и среди них — Советник Правительства, очень влиятельный в республике человек.

* * *

В мире множество красивых мест, но волшебные - можно пересчитать по пальцам. Среди них — Кыргызстан — сказочная, фантастическая страна. И как в любой сказке, путь к этой стране нелегок. Далеко расположен Кыргызстан от главных морских путей и от центральных трасс современного мира. Глубоко в горах Тянь-Шаня как будто спряталась эта небольшая страна. Спряталась от постороннего наблюдателя, укрыв свои несметные богатства высоко в горах и глубоко в недрах земли. Ученые говорят: вся таблица Менделеева представлена в горных породах, из которых сложены заснеженные хребты, затейливыми цепочками опоясывающие Кыргызстан.

Кыргызстан красив, неописуемо красив! Центральный Тянь-Шань — величественный горный хребет, казалось бы, самой природой создан для того, чтобы быть центром Вселенной. Высоченные горные вершины занимают две трети территории страны. Пять-семь тысяч метров — высота некоторых из них. Белыми шапками вечных ледников они упираются в небо.

Горячее солнце южных широт борется здесь со льдом. И бегут веселые горные ручейки, наполняясь все новой силой, которую дают им тающие глыбы льда и снега. Сотни ручейков превращаются в мощные горные реки. Что ждет их там, внизу, в долине, на равнине? Не эта ли чистая, прозрачная, как горный хрусталь, гладь воды, в которой отражаются горные вершины и которая зовется Иссык-Куль — высокогорное озеро — жемчужина мира, гордость Кыргызстана.

* * *

Кыргызстан обрел независимость. Вновь избранный Парламент республики утверждает национальный символ Кыргызстана — государственный флаг.

Звонок из Бишкека. На другом конце провода — Советник:

— Мы знаем, что в Америке изготавливают государственные флаги, соответствующие высочайшим мировым стандартам. Помоги, пожалуйста, это — государственное задание.

Я согласился с радостью.

В скором времени прибыл представитель Кыргызстана Виктор Исаев. Возбужденный, радостный, он искрился гордостью за порученное ответственное задание. В его папке были эскизы нового государственного флага Кыргызстана, которые, как он пояснил мне и моему американскому партнеру Фреду Тернеру, только накануне ночью были утверждены Парламентом республики.

Я спросил, есть ли деньги у республики на оплату этого заказа.

— Никаких проблем! — гордо ответил Виктор и показал на папку, которую прижимал к груди.

— Что в этой папке? Неужели валюта? Виктор покачал головой:

— Нет! Золото.

— Золото? — опешил я. — Как ты провез его через границу?

— Без проблем, — пошутил он. — Это секретные карты золотых запасов республики. Крупнейшие месторождения в мире. Наша республика — одна из самых богатых и, естественно, найдет средства для оплаты этого важнейшего государственного заказа. В этой папке миллионы и миллионы долларов. Мы знаем, что эта работа ценится очень высоко, и вы будете щедро вознаграждены.

— О! — одновременно произнесли мы с Фредом. — Мы сделаем все возможное, чтобы выполнить эту работу в кратчайший срок!

Виктор гарантировал мне оплату при выполнении правительственного задания. Сумма гонорара выражалась в солидной цифре.

Через неделю заказ был выполнен. Не один, а целых три флага были изготовлены в кратчайший срок на одном из лучших в мире предприятий, заказчиками которого являются многие государства мира.

С трепетом и величайшим восторгом я держу в руках огромное полотнище. Флаг просто великолепен: на красном фоне — солнце и символ юрты.

«Очень красивый флаг, — думаю я, — самый красивый флаг в мире!»

— Не беспокойтесь, вы получите свое вознаграждение. Золото республики — гарантия этого, — говорит довольный представитель Кыргызстана.

Я радостно потирал руки в предвкушении денег, и никакие сомнения не тревожили мою душу, я был уверен в том, что я очень скоро получу свой гонорар. Но, как оказалось, напрасно.

Виктор неожиданно исчез — это было первое из невероятных, необъяснимых событий, последовавших одно за другим.

Глава II

НОЧНОЙ ЗВОНОК

В страшной тревоге я мерил шагами свою гостиную и гадал, куда и как мог пропасть Виктор. Два дня назад я посадил его на самолет, но машина, посланная за ним в аэропорт, вернулась пустой. Это было ЧП: пропал человек, имеющий доступ к секретной золотой карте республики Кыргызстан.

Прошло еще две недели. Были организованы поиски, просвечен каждый квадратный сантиметр, каждое предполагаемое место, где мог бы находиться Виктор. И все безрезультатно. Он бесследно исчез.

В страшной тревоге по обе стороны океана — в Кыргызстане, куда вылетел Виктор, и в Америке, где он выполнял специальное задание правительства, — прошли еще три месяца.

Торонто, я в своей квартире. Не спится, мрачные

мысли путаются в голове. «Что произошло с Виктором? Жив ли он?»

Три часа ночи. Бессонница. Те же мысли. И вдруг — резкий, хлесткий, как удар кнута, телефонный звонок. Обжигающе больно он перебил дремоту, которая, наконец, охватила меня. Я схватил трубку, прижал к уху: «Алле, алле!» На другом конце провода — молчание, потом невнятный шум, мне даже показалось, что я услышал плеск морской волны. И вдруг — голос! Голос, которого я ждал все эти три месяца.

— Максим! Это я, Виктор! Я онемел от радости.

— Максим! Это я, Виктор! Почему ты молчишь?

— Где ты?

— Я в Стамбуле, живой и невредимый, сижу на берегу Босфора, наслаждаюсь видом на сказочный пролив и пью пиво.

— Черт бы тебя побрал! — в сердцах крикнул я. — Почему ты молчал три месяца? Где ты пропадал?

— Я заключил контракт с кокандским ханом. Я готов был услышать все что угодно, но только не это.

— Что за чушь ты несешь? Какой контракт?! Какой кокандский хан? Ты еще скажи, что заключил контракт с Тамерланом! Одно из двух: либо тебя кто-то заставляет это говорить, либо ты напился, как свинья.

— Ни то ни другое, — ответил Виктор. Голос его звучал абсолютно серьезно. — Я живу в шикарном отеле с телохранителями. А в моем кейсе действительно лежит контракт с кокандским ханом.

Неужели Виктор не шутит? Неужели нашелся по-томок кокандского хана? Живой! Это было невероятно! Воспоминания детства, проведенного в Коканде, нахлы-нули на меня. Виктор вернул меня к реальности, рассказав о том, что с ним произошло, когда он прилетел в Бишкек.

Глава III

ВОЗДУШНОЕ ПОХИЩЕНИЕ

Как только Виктор вышел из самолета, к нему подошел офицер и сказал, что встречает его по поручению правительства Кыргызстана и на вертолете доставит его туда, где его ждут, чтобы поблагодарить за выполнение ответственной миссии. Он не удивился такому повороту событий: оперативность была свойственна работе его министерства.

МИ-8 резко взмыл в небо. Мощная машина, рассекая лопастями воздух, понесла Виктора в неведомом ему направлении.

— Куда мы летим? — спросил он офицера. — В президентский дворец?

— Нет, на дачу президента в горах.

И это не удивило Виктора: в воскресенье руководство страны обычно проводит время за городом.

Вот уже два часа в воздухе. Вертолет летит все дальше и дальше, глубже в горные хребты. Внизу что-то заблестело, это — красавец Иссык-Куль. Вертолет стал уходить от озера в сторону горного ущелья, которое хорошо просматривалось с высоты. Обрывистые скалы надвое рассекал водный поток. Вертолет поднимался виражами. «Опасно, — подумал Виктор. — Не разбиться бы о скалы!» От страха и восторга захватывало дух. И вот, наконец, посадка на высокогорном плато, так называемом сырте, живописной долине на огромной высоте.

Виктор вышел из вертолета и огляделся.

Метрах в ста он увидел шатер или, иначе говоря, юрту. Вокруг юрты сновали люди, неподалеку паслись лошади, а справа, где обрывалась высокогорная дорога, на площадке стояли машины.

Офицер знаком показал Виктору, чтобы он шел к юрте. Когда до юрты оставалось метров десять, к нему подошли двое. Он понял: охрана. Его попросили вытянуть руки вперед. «Все в порядке, — сказал он себе. — Это просто досмотр, нет ли оружия». В ту же минуту на его запястьях защелкнулись наручники.

— Зачем вы это делаете? — только и спросил Виктор.

— Помолчите, господин Исаев, — последовал ответ. — Теперь вы пленник кокандского хана.

— Какой хан?! — закричал Виктор. Он подумал, что его разыгрывают. — Ведите меня к президенту республики Кыргызстан!

— Не веришь? Сейчас поверишь! — был ответ.

Острая боль обожгла всю спину от плеч до поясницы. Это был удар камчой.

Его ввели в богато убранную юрту. Посреди, на подушках сидел глубокий старик совсем не похожий на злодея. Он ел мясо, запивая его каким-то напитком.

— Присаживайтесь, — сказал он Виктору и показал рукой на подушки рядом с собой.

Охранники грубо вдавили Виктора в приготовленное для него место. Ему оставалось только подчиниться и ждать. В юрте воцарилось молчание. Хозяин долго ел и в конце трапезы предложил Виктору кусок мяса. Виктор показал на наручники. Старик кивнул охране — и наручники сняли.

— Кушайте, господин Исаев, — сказал старик. — Вы, наверное, проголодались с дороги.

Виктор отказался.

— Кто вы? И почему я здесь?

— Где карта, которую вы увезли в Америку?

— Какая карта? И кто вы?

— Я — потомок кокандского хана Мада-ли, — последовал спокойный, уверенный ответ. — Вы увезли в Америку карту, принадлежавшую моему прадеду, то есть принадлежащую моему роду. Я требую, чтобы вы ее вернули.

— О чем вы говорите? Я действительно увез в Америку карту. Но это карта, разработанная учеными Кыргызстана, и там указаны месторождения, для добычи которых нужны миллионы и миллионы долларов. Это ж не карта каких-то старинных золотых кладов!

Едва заметная улыбка чуть скривила губы потомка великого хана, и он спокойно сказал:

— Глубоко ошибаетесь, господин Исаев. Совершенно случайно вы увезли в Америку не одну, а две карты. В пакете, который вам дали в Госархиве, к большой карте была по ошибке приколота маленькая схема, на которую вы не обратили внимания. Это тоже карта, но карта не золотых запасов Кыргызстана, а места, где зарыт клад, оставленный моим великим прадедом.

Виктор не верил своим ушам. Сказки какие-то. Как это могло случиться? Его просто обманывают или проверяют. И почему вообще этот тип выдает себя за потомка кокандского хана? Кто он такой? Виктор хотел задать этот вопрос, но не успел. На его руках снова защелкнулись наручники, и его быстро вывели из юрты.

Глава IV

ЭОЛОВЫ КАЗЕМАТЫ

Уже наступила ночь. Ярко светила луна. «Полнолуние, — подумал Виктор. — Какая красота!» Пьянящий воздух высокогорного сырта вливался в его легкие. Но наслаждаться природой пришлось недолго. Его втолкнули в джип и повезли в ночь.

Горы скрывают лунный свет. Потому ночь в горах так черна. Не видно ни зги. Беспроглядная тьма. И только свет фар вырывает кусок дороги. Страшно, очень страшно, тем более, если тебя везут неизвестные люди в неизвестном направлении. Холодный страх стал душить Виктора. Ему показалось, что наручники не только на руках, но они сдавливают шею — трудно дышать.

Наконец джип остановился. — Выходи, — сказал один из охранников. — Здесь ты будешь жить, пока не научишься разговаривать с великим ханом.

«К черту вашего хана! — хотел крикнуть Виктор. — Отпустите меня домой!» Но вовремя сдержался, получив толчок в спину. Это был приказ идти вперед.

Метров через десять его остановили. Впереди зиял черный провал. «Что это? — подумал Виктор. — Похоже на вход в пещеру». Он не ошибся. Из провала показалась фигура человека, его молча передали из рук в руки. Новый провожатый представился:

— Сайд. Я твой новый хозяин. Теперь ты будешь жить у меня. Пошли!

Пещера, в которую ввели Виктора, представляла собой естественные гроты, которые образовывались в горах на протяжении тысячелетий под действием ветра и воды. «Эоловы замки!» — вспомнил Виктор статью в журнале о подобных пещерах. Эол — бог ветра в греческой мифологии, он создал эти причудливые, сказочные и одновременно страшные сооружения. «Это создано не рукой человека, не резцом скульптора. Это чудо создано самой природой», — вспоминал Виктор строчки из статьи в журнале.

Его мысли были прерваны Сайдом. Он приказал повернуть направо. Пещера кончилась, и они вышли на другую сторону горного склона.

— Почему так холодно? — осмелился Виктор спросить Сайда.

— Высота большая, ледники рядом.

— Ледники?!

— Да, — мрачно подтвердил Сайд. — Ты будешь жить в ледяной камере. Эта тюрьма принадлежит великому кокандскому хану.

Вырубленная в ледовом пласте, пещера действительно напоминала тюремную камеру.

— Я не хочу здесь жить! — закричал Виктор.

— Тебя освободят, как только ты научишься разговаривать с нашим повелителем.

С этими словами Сайд захлопнул нечто, напоминающее дверь. Виктор остался один в ледяном мраке. В следующую секунду то ли от холода, то ли от пережитого ужаса он потерял сознание.

Глава V

НАСЛЕДНИК НЕСМЕТНЫХ БОГАТСТВ

Виктор очнулся от яркого света. Сколько прошло времени? Час? Сутки? Неделя? Месяц? Над ним склонилась голова Сайда.

— Вставай! Выходи!

Виктор не мог пошевелиться. Сайд взял его своими цепкими костлявыми руками за ноги и выволок из камеры, как мешок. Обжигающие лучи яркого солнца ослепили Виктора. Из глаз полились слезы. Солнечный свет, многократно отраженный полированными гранями высокогорного ледника, прожигал его, как лазер. О, какой он мощный, этот природный лазер — солнечный свет высокогорья!

Виктор попытался открыть глаза и увидел занесенную над ним камчу в руке Сайда. Удар! Еще удар! Как больно! И почему они все время бьют камчой?

— Вставай! — сказал Сайд. — Иначе будет хуже.

Собрав последние силы, Виктор не встал, а пополз. Встать он уже не мог.

— Молодец! — весело сказал Сайд. — Ты двигаешься в правильном направлении. Тебя ждет наш повелитель. Он здесь недалеко. Он специально приехал, чтобы поговорить с тобой.

Повелитель ждал его на другой стороне склона. Виктор узнал это, когда прополз на коленях туннель во дворце Эола, подгоняемый безжалостной камчой Сайда.

— Ну, как отдохнули? — спросил потомок кокандского хана.

Виктор не мог говорить. Он разрыдался.

— Отпустите меня домой, великий хан! Никакой карты кладов кокандского хана я в Америку не увозил.

— Нет?!!

Этот громкий резкий возглас пронесся по ущелью. Эхо стократно усилило его. «Нет! Нет! Нет!» — повторялось, как разрывы реактивных снарядов. Они били Виктора по перепонкам, как будто рвались рядом. «Кто это так кричит? — подумал он. — Хан ведь говорит тихим голосом». И вдруг, увидев сквозь слезы лицо человека, который называл себя кокандским ханом, он понял: это кричал он.

— У меня отняли все: власть, богатство. Сейчас меня просто называют Тургуном, а по-русски — Толей. Но никакой я не Толя и даже не Тургун! Я — Мухаммед-Али, правнук и наследник знаменитого кокандского хана Мухаммеда-Али, или, как его называли, — Мадали. Мой прадед был самым могущественным из всех ханов Коканда. Это он принес славу и мощь кокандскому ханству, захватив множество земель. Он вступил на престол в двенадцать лет и никогда ни перед кем не склонял головы.

Мухаммед-Али замолчал. Взгляд его затуманился. Но вскоре он заговорил снова. Теперь голос его звучал тихо, почти беспомощно, а речь была наполнена неизбывной тоской. О чем он тосковал? Об утраченном богатстве, о своем далеком детстве, о власти.

— Мне было года полтора-два, — начал он свой рассказ. — Я жил в Коканде с прабабушкой, последней женой великого хана Мадали. Звали ее Фарида. Отца и мать своих я не помню, всех моих родственников уничтожили большевики. Прабабушке было много лет, не знаю точно, но, наверное, за девяносто. Она очень меня любила и заботилась обо мне. «Ты, — говорила она, — великий хан, наследник когда-то могущественного кокандского ханства. Ты был им и останешься им, какая бы власть ни была: советская или какая-то другая. Кровь, которая течет в твоих жилах, — это кровь великого рода, она не может стать советской, большевистской. Она требует, чтобы ты выполнил свое предназначение во Вселенной: стоять во главе вверенного тебе Богом народа. Рано или поздно ты взойдешь на трон».

Так учила меня моя прабабушка. Но в школе, среди

других мальчишек, я оставался просто обычным Тургуном-Толей. Я жил двойной жизнью: дома с прабабушкой я был ханом, а в школе и на улице — пионером и комсомольцем.

Пришло время прабабушке уходить в мир иной. Мне уже было семнадцать, и я вырос крепким, сильным юношей. Девушки теряли голову из-за меня. Сила переполняла мои мускулы. Сознание, что я потомок великого рода, делало меня бесстрашным.

Эти дни с прабабушкой я хорошо помню. Она уходила, медленно угасала, оставаясь в полном сознании. Я проводил с ней все дни и ночи напролет. Тогда-то она и рассказала мне о своей молодости, о жизни в ханском дворце, о победоносных войнах великого хана, об интригах и заговорах его советников.

Но из всех рассказов я лучше всего запомнил последний, примерно за час до того, как прабабушка навсегда закрыла глаза. Она подала знак слабеющей рукой, чтобы все, кроме меня, покинули комнату.

— Слушай меня, мой мальчик, — шептали ее губы, — я открою тебе великую тайну. Ничего не записывай, только запоминай. Твой прадед завещал тебе огромное, несметное богатство — сокровища, накопленные им за годы правления, захваченные у покоренных народов.

— Сокровища? Где они? — попытался я вставить вопрос.

— Молчи и запоминай! — последовал ответ. — Сокровища эти спрятаны недалеко. Они, правда, не в самом Коканде, а на территории, ранее подвластной кокандскому каганату. Твой прадед был великим правителем и очень сильным человеком, но у него была одна слабость — золото. Со всех завоеванных территорий он вывозил караваны с золотом. За долгие годы правления он скопил несметные сокровища, и об этом знали многие — и его собственные советники, и его вечный враг и завистник — эмир Бухары Наср-Улла. Много их было, врагов и завистников, у великого Мадали-хана. Но твой прадед был очень умным человеком. Он предвидел опасность и решил вывезти сокровища из столицы ханства. Он не доверял своим визирям, будучи уверен, что они всегда готовы предать его, завладеть его богатством, занять его трон. Однажды поздно ночью великий хан спросил моего совета: «Что делать? Где спрятать сокровища?»

Что могла ему посоветовать я, преданная ему всем сердцем, но ничего не смыслящая в дворцовых интригах девушка? Я сказала: «Великий повелитель! Обратись к своему звездочету, он самый мудрый после тебя человек в нашем ханстве, он даст тебе правильный совет».

Великий хан ничего мне не ответил и молча ушел на свою половину. Утром я видела, как дворцовая стража привела к нему звездочета, но мне он тогда ничего не сказал, а сама я не смела его спросить.

Прошло два года. И вот, словно предчувствуя свою скорую гибель от руки коварного Наср-Уллы, он снова заговорил со мной о золоте.

«Помнишь, Фарида, — сказал он, — ты дала мне однажды совет. Я последовал ему: я позвал звездочета. Он выслушал мою просьбу и пообещал дать ответ утром, сказав, что ночью сделает расчеты по звездам. С трудом я дождался утра.

— Ну и что тебе говорят звезды? — спросил я его, едва первые лучи солнца осветили небо.

— А звезды говорят, — ответил он, — что на территории твоего ханства, под твоей властью и покровительством живут потомки великого народа. Это красивые и сильные люди, прекрасные наездники и бесстрашные воины.

— Кто это? Множество народов живет под моим покровительством и властью. О каком народе ты говоришь?

— О кыргызах! — ответил звездочет. — Кыргызы — сильные и доблестные воины. Живут они высоко в горах. И горы эти — как крепости. Непросто покорить этот гордый народ. Вот там ты должен спрятать свое золото. Особое место показали звезды. Сегодня ночью Сириус, ярчайшая звезда из созвездия Большого Пса, указал на озеро Иссык-Куль. Там, и только там, оно будет в безопасности.

— Но как найдут его мои потомки в этих непроходимых ущельях?

— Я нарисую тебе магическую карту. По этой карте сокровища сможет найти только тот, кто расшифрует ее.

— Расшифровать карту не так уж сложно, — возразил я звездочету. — Не раз люди пытались зашифровать карты с кладами. Но находились отважные искатели приключений, которые расшифровывали секреты и добирались до кладов.

— Нет, мою карту они никогда не расшифруют.

— Почему? Что в ней особенного?

— Это будет не простая карта. Это будет карта, где правда будет притворяться ложью, а ложь — правдой, где нелепость покажется умным советом, а умный совет — абсурдом.

— Абсурд?! Ложь?! — вскипел я. — Какая ложь и абсурд в моем ханстве? Все здесь должно подчиняться логике и строгому приказу. В моем царстве господствует не ложь и нелепость, а сила приказа. Моего приказа.

— Выслушай меня, повелитель, — взмолился звездочет. — Ты — посланник Аллаха, и твой приказ на земле — воля Бога. Но все же моя карта обманет и не приведет к цели непосвященного. Потому что карту, построенную на логике, обязательно рано или поздно расшифруют искатели приключений, о которых ты говорил. А карту, построенную на нелепости и обмане, не расшифрует никто и никогда, кроме того, кому ты доверишь ключ к ее разгадке. Хотя секрет довольно простой. На карте будут четкие указания, что делать и куда идти, будут указаны маршрут и расстояния. И тот, у кого будет эта карта, бросится ей следовать. Но сокровищ он не найдет.

— Почему?! Почему он не найдет сокровищ? Он ведь выполнит твои предписания!

— А не найдет он сокровищ, великий хан, потому, что не поймет хитрости, которая есть в этой карте, ибо это будет, как я тебе уже говорил, карта обмана. Сокровища найдет тот, кто нарушит указания и сделает все наоборот. Он-то и станет владельцем сокровищ. Он должен будет увидеть за ложью намек на правду, догадаться, что скрывает обман моей карты. Но пока только ты один будешь это знать.

— Я был поражен мудростью звездочета, — закончил свой рассказ твой прадед», — сказала прабабушка и закрыла глаза. Она устала от долгого рассказа.

— Где? Где эта карта? — не выдержав, закричал я. — У кого она сейчас?

Бабушка ответила не сразу. Сначала она поведала мне историю гибели хана.

Короткая, но бурная жизнь Мадали проходила в непрерывных войнах. При нем Кокандское ханство значительно расширило свою территорию, что беспокоило его могущественного соседа — эмира Бухары Наср-Уллу. Сначала Наср-Улла пытался свергнуть Мадали, плетя интриги, для чего использовал его вражду с братом. Затем собрал войско и вероломно вторгся в Коканд. Как это часто бывало в истории, многие из окружения хана предали его, и Мадали был выдан врагу. Деспот и злодей, эмир Наср-Улла прославился своей жестокостью. Он казнил не только Мадали и его сыновей, но и его мать. Это случилось в 1842 году, когда Мадали было всего тридцать два года.

— А карту, — сказала прабабушка, — похитили большевики во время революции, и сейчас она хранится в секретном архиве в столице Киргизии.

— Но они, наверное, уже нашли сокровища?

— Нет, не нашли. Пытались много лет, но Аллах не допустил этого. Они следовали указаниям, начертанным на карте, выполняли их четко, строго, как там написано, и уходили ни с чем. Устав от поисков, они сдали карту в архив и, хотя засекретили ее, но всерьез уже к ней не относились. А сокровища были и есть. Большевики просто не знали, что это карта лжи и нелепости. Об этом знали только твой прадед Мадали, звездочет и я. Теперь об этом знаешь и ты, правнук великого правителя. Найди эти сокровища — и они вернут тебе богатство и власть.

Это были последние слова прабабушки».

Глава VI

«ЗОЛОТОЙ» КОНТРАКТ

О, мой повелитель, разрешите задать только два вопроса, — сказал Виктор. Глаза его горели. Видно, услышанное произвело на него большое впечатление. — Я читал, что клады бывают фальшивыми. Не могло такое случиться с вашим наследством?

Мухаммед-Али гордо поднял голову, и хотя это был действительно весьма немолодой человек, сейчас он был очень похож на великого правителя. Его глаза излучали уверенность в своей силе и правоте.

— Я рассказал тебе не все, что узнал от прабабушки, — только самое главное. От нее я узнал также, что мой клад не имеет цены. Одна его часть состоит из золотых алтынов Сулеймана Великолепного. Я надеюсь, что ты слышал об этом великом правителе. Ты когда-нибудь видел золотой алтын?

— Нет, — покачал головой Виктор.

— Ты не представляешь, какой он красоты. Рисунок, сделанный на нем искусными мастерами, можно рассматривать часами, не отрываясь. Он поглощает тебя полностью. В детстве прабабушка давала мне лупу, и я дни и ночи напролет рассматривал несколько монет, которые у нее случайно остались. Эти воспоминания не дают мне покоя, золотые алтыны снятся по ночам. Прабабушка также рассказывала мне, что клад, кроме золота, содержит еще очень древние книги и свитки, также захваченные у покоренных народов. Но они меня не интересуют. Меня интересует только золото.

Виктор весь обратился в слух. Это было похоже на правду! В его голове вихрем проносились все истории и легенды о кладах Иссык-Куля. Их было очень много. О них говорили люди, писали в газетах, журналах и книгах. Золотой клад Чингисхана, золотой клад Ивана Грозного, золотой клад Ордена тамплиеров и многие другие... Правда, он ничего не слышал о золотом кладе кокандского хана. Но, может быть, он как раз и есть самый реальный из всех?

— Ты сказал, что хочешь задать два вопроса, — прервал его размышления Мухаммед-Али. — На один я тебе ответил. Задавай свой второй вопрос.

— Я также читал в разных книжках, что может быть не только оригинал, но и много копий карты. Вы не думаете, что кто-то еще ищет этот клад? - Нет, об этом позаботился звездочет. Он был великий ученый. Он сделал так, что действителен только оригинал карты. Только по оригиналу можно найти клад.

— Как это возможно?

— А вот этого уже никто никогда не узнает. Эту тайну звездочет не передал никому, унеся с собой в могилу.

Может быть, потому что Виктор был потрясен событиями последних дней и был истерзан пребыванием в эоловой тюрьме, но он полностью поверил Мухаммеду-Али. А может быть, Мухаммед-Али обладал какой-то гипнотической силой, но так или иначе, а с этого мгновения он признал над собой власть Му-хаммеда-Али как кокандского хана. Он полностью подчинился его воле и только тихо произнес:

— Я сделаю все, что вы прикажете, мой повелитель.

— Господин Исаев, — произнес Мухаммед-Али, уже не повелительным тоном хана, а с интонацией обычного человека, — у меня сейчас нет ханства, и нет дворца, поэтому я не могу дать вам должность при моем дворе. Вы — деловой человек, и я тоже. Я заключу с вами контракт.

— Какой контракт? — недоумевая, прошептал Виктор.

— Контракт на поиск клада моего великого прадеда.

Вот такой рассказ Виктора я выслушал по телефону, невольно погружаясь в атмосферу сказок «Тысяча и одной ночи». Но голос Виктора вернул меня к реальности.

— Помоги мне найти клад, и Мухаммед-Али вознаградит нас обоих, — кричал Виктор в трубку. — Пришли мне карту, которая хранится у Фреда Тернера.

— Перезвони мне завтра, — ответил я и повесил трубку.

Я был в шоке. Я всегда мечтал разбогатеть на Западе, стать миллионером. И вот теперь сама судьба предоставила мне такой случай. Если, конечно, все, что рассказал Виктор, правда. Но лучше рискнуть, чем упустить такой шанс.

15 марта 1992 года, 7 часов утра. Я звоню Фреду Тернеру. «Фред Тернер у телефона», слышу я голос своего партнера и, еле сдерживая возбуждение, объясняю ему, что мне нужна карта, которую оставил посланец Кыргызстана.

— Так просто, из любопытства, хочу прочитать, что там написано, — говорю я, стараясь как можно правдоподобнее изобразить равнодушие.

— Нет проблем. Приезжай, забирай. Через час пакет документов, прибывший из Кыргызстана, у меня в руках. Я внимательно перебираю документ за документом. Сухие строчки научного доклада о минеральных ресурсах республики, ее золотых запасах. Пока нет ничего интересного. И вдруг — что это такое? Листочек бумаги, действительно приколотый к карте месторождений, с какими-то знаками, рисунками и записями на непонятном языке.

Пришлось искать переводчика. Пока я его нашел, пока он переводил, прошло несколько дней. И вот, наконец, я держу в руках перевод. Вот она, карта. Хотя она выглядит просто, как какая-то схема, но все же это карта. Я хорошо знал местность, которая была изображена на карте. Это котловина озера Иссык-Куль. Да, действительно, великий хан последовал совету звездочета.

С этой минуты я потерял покой и сон. Я с нетерпением и страхом ждал звонка из Стамбула. С нетерпением — потому что мечтал разбогатеть как можно скорее. А со страхом — потому что не знал, что ответить Виктору на его предложение. Вступить в сговор с какой-то сомнительной личностью? С этим Мухаммедом-Али? Конечно, не исключено, что он действительно потомок кокандского хана, но что-то говорило мне, что это маловероятно. Что же тогда делать? Какой ответ дать Виктору?

16 марта 1992 года, 5 часов дня. Звонит телефон. Я дрожащей, влажной рукой снимаю трубку и тихо говорю:

— Да, я слушаю.

В трубке раздается напористый голос Виктора:

— Я надеюсь, карта уже у тебя?

— Да, — признался я.

— Тогда диктуй, что там написано!

Я оторопел от такой наглости. «Почему он командует мной?» — подумал я, но вслух сказал совсем другое:

— Какую сумму в долларах вы мне заплатите за это?

Теперь пришла очередь Виктора замолчать. Наконец он произнес:

— Я перезвоню тебе через несколько дней и дам ответ.

Глава VII

ЗАВЕЩАНИЕ ДРЕВНЕГО СТАРЦА

Коканд. Январь 1875 года. Холодный ветер проносится по улицам опустевшего города, поднимая тучи пыли. Людей не видно, лишь то там, то тут бродят голодные собаки. Пошел второй год смуты, разорившей некогда могущественное ханство.

В маленькой глинобитной хижине на окраине города умирает звездочет великого кокандского хана Мадали. В крошечное оконце заглядывает луна и словно любуется седым благородным стариком. Он лежит на одеялах, расстеленных на глиняном полу. Рядом горит свеча. У изголовья старца, поджав под себя ноги, сидит юная девушка необыкновенной красоты. Глаза ее, черные и блестящие, как маслины, своим сиянием, кажется, могут соперничать с лунным светом.

— Фатима, девочка моя, — обращается умирающий

звездочет к своей внучке, — я ухожу, ухожу навсегда и должен передать тебе секрет. Я не оставляю тебе никакого наследства, кроме этой жалкой лачуги. Но я расскажу тебе, как найти несметные богатства. Я составлял карту клада великого хана Мадали. Слушай меня внимательно и запомни все, что я тебе скажу.

В одном из ущелий в горах Иссык-Куля, а ущелье называется Борскаун, есть небольшая горная терраса, которая обрывается в речку. Так вот, клад Мадали-хана находится там. Запомнила? Повтори!

Звездочет закрыл глаза и молча выслушал ответ девушки.

— Все правильно, — сказал он. — Это место считается проклятым. Там стоят два каменных изваяния, напоминающие чудовищ. Местные жители считают их злыми духами. Там действительно бывает страшно, когда с гор дует ветер. Ударяясь о скалы, он воет, как тысяча бешеных псов. Страшно, очень страшно становится в этот момент. На карте, которую я составил для повелителя, указаны эти два каменных изваяния и написан приказ: взять веревку, которой обвязываются тюки верблюжьих караванов, и протянуть ее между изваяниями. Ровно посередине этой веревки раскопать землю. Там будет кувшин с запиской. Повтори. Это очень просто.

Он снова закрыл глаза. Фатима уверенно повторила сказанное дедом.

— Действительно, просто! — сказала она. — А в кувшине — записка с указанием, где спрятан клад. Это, как в сказках, которые ты мне рассказывал в детстве.

Умирающий звездочет улыбнулся.

— Просто для тех, у кого нет ключа к тайне. Никакого кувшина там никто не найдет. Потому что я нарисовал для великого хана карту обмана.

— А что делать? — встрепенулась Фатима. — Как найти сокровища?

— Надо сделать все наоборот — не выполнить приказ, написанный на карте. Сбросить в обрыв сначала одно изваяние и раскопать землю под ним. Там будет кувшин с запиской. Потом сбросить второе изваяние и раскопать землю под ним, там тоже будет кувшин с запиской. Сложить две половинки и прочитать последний приказ. Навсегда очистится проклятое место от злых духов, постепенно уйдет страх у людей. Это повеление Аллаха.

Потрясенная рассказом дедушки, Фатима молчала.

— Теперь ты знаешь все.

— А что же будет в этой записке?

— Что будет в записке? Я тебе расскажу. История эта длинная. Хан снарядил большой караван с золотом, древними книгами и свитками: тридцать пять вьючных верблюдов, сто пятьдесят погонщиков, полторы тысячи человек войска для охраны сокровищ. Это была большая армия по тем временам. Мы двинулись через долины, пустыни, горы к заветному озеру, которое спрятано высоко в горах. Много опасностей встретили мы в пути.

Но сокровища сохранили. На подходе к озеру я разделил все сокровища на три части: в первую часть я отделил золото, во вторую часть — древние свитки, а в третью — древние книги. Все ценно в этом кладе, но самое дорогое для меня — это свитки, написанные мудрейшими из мудрейших. В этих свитках — секреты вечной молодости и бессмертия. Все это было собрано за долгие годы правления Мадали-хана и его предков.

Ранним летним утром 1840 года, пройдя Боомский перевал, мы вышли в долину озера Иссык-Куль. Мне кажется, это самое красивое озеро в мире. В него впадает больше восьмидесяти рек. Вода в нем прозрачна, как слеза ребенка. При свете солнца поверхность озера меняет цвет от зеленого до кроваво-алого. Озеро окружает золотая цепь гор, и в этой цепи есть только один вход и один выход. Это Боомское ущелье, по которому я провел свой караван. Озеро и окружающая местность полны тайн и загадок. Я надеюсь, что когда-нибудь ты увидишь все это сама. А теперь о том, куда я спрятал первую часть сокровищ, золото Мадали-хана. В специальных наглухо закрытых кувшинах я опустил его на дно Иссык-Куля.

— Где? Где? В каком месте? Ведь Иссык-Куль очень большой!

— Тихо, тихо, доченька, — погладил старец ослабевшей рукой девушку по голове. — Я опустил его там, где под водой находится много тысячелетий назад затопленный город.

— Какой город под водой Иссык-Куля? Я никогда не слышала об этом!

— О нем мало кто знает. Лучше я расскажу тебе легенду. Когда-то много веков назад не было озера, а была цветущая долина, и стоял прекрасный белоснежный город. В нем жили два племени, которые постоянно враждовали между собой, истребляя друг друга. И настало время, когда в одном племени вырос юноша — красавец Чингиз, а в другом племени — девушка — красавица Айгуль. Они полюбили друг друга. Их любовь была такой пламенной, что вожди племен были тронуты ее силой и заключили мир и союз, чтобы влюбленные смогли быть вместе. Но недолго длился этот мир и союз. Кровавая вражда разгорелась с новой силой. Айгуль видела, как под булатными мечами погибают ее и ее возлюбленного родные и друзья. Отважная девушка решила остановить резню. Она бросилась на поле битвы и закричала:«Остановитесь!» Но никто не слушал Айгуль. Разгоряченные битвой, воины добивали друг друга. Тогда Айгуль разорвала себе грудь и вырвала сердце. Со страстной силой бросила она свое горячее сердце оземь, и в этом месте земля разверзлась, ударил мощный фонтан, затопивший всю цветущую долину, и город остался под водой. А прекрасное лицо Айгуль навечно запечатлелось на одной из вершин окружающих гор как напоминание о том, что люди должны жить в мире. Вот такая легенда, доченька.

— Это правда?

— Правда это или вымысел, мне не дано знать. Но город под водой существует, и на одной горе, если действительно внимательно присмотреться, можно увидеть профиль Айгуль.

Фатима сидела завороженная.

— И в этот подводный город, дедушка, ты опустил золото?

— Да.

— А куда ты дел книги и свитки?

Но этот вопрос старец уже не услышал. Он закрыл глаза и ушел из этого мира.

Глава VIII

НОВЫЕ ПРЕТЕНДЕНТЫ НА КЛАД

Все это я узнал значительно позже. А сейчас, после звонка Виктора, я лихорадочно думал, что мне предпринять. Сон не идет. И вдруг — звонок! Междугородный! Я хватаю трубку и кричу:

— Виктор? Ты?

— Нет, я не Виктор, — отвечает приятный женский голос на другом конце провода. — Меня зовут Гульнара. Я звоню вам из Коканда.

— Из Коканда? — насторожился я. — И что вы хотите от меня?

— Мне нужна карта кладов кокандского хана, — ответила Гульнара спокойно.

— Почему вы решили, что она у меня? Я не знаю ни о каких кладах!

— То, что карта у вас, я знаю от своего знакомого,

телохранителя Мухаммеда-Али. Дело в том, что я — праправнучка звездочета кокандского хана, и мой прапрадед завещал мне найти самую дорогую для него часть клада — свитки...

Связь внезапно прервалась.

«Мистика какая-то, — подумал я, — сначала потомок хана, а теперь — потомок ханского звездочета...» И тут снова зазвонил телефон.

— Гульнара! — кричу я в трубку.

— Вы ждете звонка от любимой девушки? — смеются мне в ответ.

— Кто вы? — испуганно спросил я.

— Я — потомок бухарского эмира Наср-Уллы, и зовут меня Сулейман. Сейчас я в Самарканде. Вы, наверное, слышали про этот город?

Еще бы! Я не только слышал, но и не раз бывал в этом удивительном городе. Я просто влюбился в его древние стены, дворцы и мечети. Как бы я хотел снова побывать в Узбекистане, проехаться по его цветущим долинам, вновь посетить древнейшие города — Самарканд, Хорезм, Бухару, Хиву, Коканд. Удивительные ландшафты, исторические достопримечательности, древние традиции и гостеприимство узбекского народа — все это было памятно мне и близко. А Великий шелковый путь! Он проходил через Узбекистан. Сколько тайн и загадок таит он в себе!

Но я не успел ничего сказать. Прервав мои воспоминания, Сулейман продолжал свою речь:

— Самарканд — центр многих цивилизаций. Три тысячи лет насчитывает мой город. Великие ученые, врачи, поэты создали его славу. Столицей великого Тимура был Самарканд многие годы. Мой предок эмир Наср-Улла преумножил эту славу.

— Какой еще Наср-Улла? — застонал я. — Что вы от меня хотите?

Мой стон стал срываться в плач. Нервная система не выдержала этих ужасов. Меня просто шантажируют. Сначала Мухаммед-Али представился потомком кокандского хана. Затем Гульнара, которая оказалась правнучкой или праправнучкой ханского звездочета. А теперь еще какой-то Сулейман, потомок бухарского эмира. Наверное, это одна и та же шайка мистификаторов.

— Не бойтесь меня, — услышал я голос Сулеймана. — Я помогу вам, я спасу вас.

«Что это он имеет в виду? — окончательно испугался я. — Разве мне кто-то угрожает?»

И, как будто прочитав мои мысли, Сулейман сказал:

— Я знаю, что этот самозванец, который называет себя кокандским ханом, требует от вас карту золотых кладов.

— Откуда вы знаете? — вырвалось у меня.

— Мы засекли ваш телефонный разговор со Стамбулом. Это был звонок от Мухаммеда-Али, хотя с вами говорил ваш друг Виктор. Мухаммед-Али стоял рядом. Он представляет для вас опасность, смертельную опасность.

Мы готовы помочь вам. Мы уже давно следим за действиями этого бандита. Наши агенты, оснащенные современными техническими средствами, фиксируют каждый его шаг в поисках клада. И вот теперь он вышел на вас.

— А зачем он вам нужен? Какое вам дело до него? — не выдержал я. — Или вы тоже ищете золото?

— Нет, — последовал ответ, — золото нас не интересует. Но нас интересует клад. Вернее, та часть клада, где находились древние книги. Один из первых кокандских ханов, Абд ал-Рахим, пользуясь временной слабостью бухарского эмирата, в 1738 году занял Хорезм и Самарканд и разграбил их, похитив много сокровищ. Самыми ценными среди них были древние книги — книги «Авесты». Кстати, вы знаете, что такое «Авеста»? — вдруг прервал он свою взволнованную речь.

— Конечно! — обиделся я. — Как любой интеллигентный человек. «Авеста» — это священная книга древней религии Востока — зороастризма, написанная золотыми чернилами на тонком пергаменте.

— А вы знаете, что ранние части «Авесты» были написаны в междуречье Амударьи и Сыр-дарьи, то есть в области, одним из крупнейших центров которой всегда был Самарканд? Александр Македонский похитил большую часть книг, но несколько книг моим предкам удалось утаить и сохранить. И именно эти древние книги, которым нет цены, похитил коварный Абд ал-Рахим. А спустя сто лет, снаряжая свой караван с сокровищами на

Иссык-Куль, его потомок Мадали-хан спрятал в одном из вьючных тюков книги «Авесты». Хитрый лис чувствовал, что дни его сочтены и возмездие не за горами, и готовился к побегу. Но сбежать он не успел. Эмир Наср-Улла, мой великий прапрадед, держал при ханском дворе своих доверенных людей, которые сообщили в Бухару о замыслах Мадали. И в 1842 году мой прапрадед уничтожил этого шакала, не дав ему сбежать в горы. Но книги к тому времени уже исчезли. И с тех пор наш род пытается вернуть драгоценные фолианты на их законное место — в Самарканд, где они были созданы две тысячи лет назад. Если вы поможете нам сделать это, мы спасем вас от Мухаммеда-Али и его шайки.

«Один авантюрист спасет от другого? — подумал я. — Час от часу не легче! Но надо же что-то ответить на столь любезное предложение».

— Перезвоните мне через неделю, — сказал я первое, что пришло в голову.

Положив трубку, я стал лихорадочно ходить по комнате из угла в угол, пытаясь проанализировать все, что произошло, особенно телефонные разговоры. Выходит, три человека, независимо друг от друга, охотятся за кладом. Первый — Мухаммед-Али. Он знает, что клад состоит из трех частей, но, как он утверждает, ему нужно золото. Вторая — это Гульнара, по ее словам, ее интересуют только древние свитки.

Неожиданно меня пронзила мысль: как мудр и добр

был старый звездочет. Он завещал своим потомкам найти свитки — не золото, а свитки. Он знал: золото часто несет страшную опасность. Третий — наследник бухарского эмира Сулейман. Он ищет древние книги — третью часть клада. Кому больше верить? Я уже не боялся своих новых знакомых. Более того, я проникся симпатией ко всем троим. Жизнь, оказывается, посылает мне интереснейшие приключения.

Глава IX

ИССЫК-КУЛЬ — ХРАНИТЕЛЬ ДРЕВНИХ СОКРОВИЩ

Шквал информации о золотых кладах, обрушившийся на меня по телефону, вызывал сомнения. Я решил проверить научным путем, что говорит об этом история, а не какие-то авантюристы, искатели приключений. На память пришли фамилии знакомых, связанных с исторической наукой. Я позвонил одному из них, он мне дал рекомендацию: Олег Каминский, специалист по Востоку, историк.

И вот я сижу лицом к лицу с Олегом, пью кофе у него в гостях. Олег пригласил меня в свой кабинет. Огромная библиотека по истории на разных языках мира. И большинство книг — по Средней Азии. Я рассказал Олегу всю правду, мне терять было нечего. Неожиданно для меня он отнесся к моему рассказу серьезно.

— Я посвятил всю жизнь изучению истории Великого шелкового пути, — начал Олег,— Сколько тайн человечества хранит он! Я участвовал во многих экспедициях, целью которых было изучение этого древнего моста между Востоком и Западом. Многие участки этого пути я прошел пешком. На востоке отправным пунктом Великого шелкового пути был город Сиань. Далеко-далеко на запад уходили дороги... до самого Рима. Семь тысяч километров от Сиана до Рима — огромное расстояние покрывали караваны верблюдов. Главным товаром, который везли караваны, был шелк. Изготовление его китайские мастера держали в строжайшей тайне. Секрет производства шелка хранился многие тысячелетия. Да, это была великая тайна. Она создавала основу торговли между Востоком и Западом в средние века. Кыргызстан занимал особое место на этом пути. Через него проходили три ветки Великого шелкового пути. Поэтому вокруг озера Иссык-Куль в седьмом веке возникали, бурно развивались и богатели многочисленные поселения. А озеро многие века у местного населения считалось загадочным. Из поколения в поколение передавались предания и легенды о золотых кладах на дне Иссык-Куля и вокруг Иссык-Куля. Я не знаю другого места на земле, где бытовало бы больше историй и легенд о кладах.

Я слушал Олега, стараясь не пропустить ни слова.

— Начало было положено в тринадцатом веке, — продолжал он. — На Среднюю Азию обрушиваются орды Чингисхана. Беспощадные завоеватели огнем и мечом все уничтожают на своем пути. Захват покоренных земель сопровождается грабежом. Племена, жившие на Иссык- Куле, пытаются спасти свои богатства и прячут их под землей или под водой. Так возникли клады. Среди кладов Иссык-Куля есть особенные, которые связаны с очень известными историческими личностями, как, например, клад Ивана Грозного, клад Ордена тамплиеров. Но один из самых известных — это клад самого Чингисхана.

Олег замолчал и достал с полки толстый том. Открыв его, он сказал:

— Вот, смотри, карта Великого шелкового пути. А это — озеро Иссык-Куль.

Загадочно и маняще выглядела эта карта. Отблесками далекой истории искрилась она. Я не мог оторвать глаз. Голос Олега вывел меня из задумчивости.

— Многие поколения кладоискателей мечтали найти сокровища Чингисхана и его могилу. Но до сих пор эта тайна не раскрыта. Вкладываются очень большие средства, используется самая современная техника, даже космическая. Археологи ищут клад и могилу Чингисхана в пустынях Монголии. Ищут днем и ночью многие годы, не теряя надежды. Но результата до сих пор нет. Они на ложном пути, считают многие кыргызские специалисты по этому вопросу. Не там ищут, надо искать на Иссык-Куле. Согласно их версии, сыновья Чингисхана дважды похоронили его: в 1227 году, в Ордосе они имитировали похороны, а фактически тайно отправили тело Чингисхана и огромные, несметные сокровища, награбленные им во время походов, на Иссык-Куль.

— Почему на Иссык-Куль? — спросил я.

— А потому что своим они не доверяли. Они боялись, что могила будет разграблена.

— А дальше что было?

— А дальше — это уже говорит не наука, а предание. Сын Чингисхана Чагатай, который был правителем тех мест, опустил гроб с телом усопшего в бездну озера, и вместе с ним под воду ушли золото и драгоценности. Чагатай казнил всех, кто был свидетелем этого погребения, отрубив им головы, которые сложил на берегу Иссык-Куля в виде кургана.

Олег так вдохновенно рассказывал об этом, что я словно перенесся в ту далекую эпоху. Мне даже показалось, что я сам присутствую на этом погребении. «Великий Иссык-Куль! — подумал я. — Какие тайны он хранит!»

Потрясенный услышанным, я вспоминал то, что говорили о кладах мои телефонные знакомые. Неужели это исторически обоснованно? Похоже, что клады существуют.

Я посмотрел на часы: был уже первый час ночи. Мы договорились с Олегом встретиться еще раз, чтобы продолжить беседу.

ЧАСТЬ ВТОРАЯ
ПОСЛЕДНИЙ СЕКРЕТ ЧИНГИЗХАНА.

Глава X

ВЕЛИКИЙ СЕКРЕТ ГУЛЬНАРЫ

«В этом что-то есть», — размышлял я, обдумывая все события последнего времени и то, что рассказал мне Олег. Из всех троих Гульнара была мне наиболее симпатична. Ее интересовало не золото, а свитки. Почему? И может быть, именно потому, что я об этом думал, а может быть, и по каким-то другим причинам, но ответ на этот вопрос я получил быстрее, чем на все остальные.

Поздней ночью, когда я по обыкновению не мог заснуть, затрезвонил телефон. Звонила Гульнара. Я обрадовался ее звонку, но решил быть твердым. Даже категоричным. Я выдвинул ультиматум:

— Гульнара, — сказал я строго, — я продолжу переговоры с вами при одном условии — если вы объясните мне, почему вас интересует не золото, а какие-то старинные свитки. Гульнара долго молчала в трубку. «А, — подумал я, — кажется, я затронул больное место», — и в этот момент услышал ее мелодичный голос:

— Дорогой Максим, наверно, вы правы, и я должна вам все рассказать, хотя эта тайна хранилась в нашем роду долгие годы, и о ней не знает никто. Так завещал мой прапрадед, звездочет кокандского хана. Но вы требуете, и я вынуждена подчиниться. — Гюльнара замолчала.

Я терпеливо ждал.

— Это великая тайна, — наконец заговорила она. — Это тайна исчезнувшей цивилизации, — цивилизации инопланетян.

«Что за бред? — подумал я. — Какие еще инопланетяне? Начиталась научной фантастики, а теперь морочит мне голову». А Гульнара продолжала:

— Только мой прапрадед знал, что написано в этих старинных свитках. Во время одного из походов на Иссык-Куль хан Мадали захватил небольшую крепость высоко в горах. В центре крепости возвышалась старинная башня. Внешне она была ничем не примечательна. Но Мадали, проходя мимо, заметил в приоткрытую дверь какое-то свечение. Движимый любопытством, он вошел в небольшое помещение.

Свет исходил от старинных свитков, которые были аккуратно сложены в углу. Развернув один из них, он увидел надписи на непонятном языке и какие-то странные знаки. Он уже хотел бросить свиток обратно в угол, но в этот момент свечение прекратилось. Мадали решил, что это знак: свитки как будто ждали именно его, ведь никто из воинов, бывших поблизости, не заметил никакого света. Мадали сложил свитки в свою кожаную сумку и, не сказав никому ни слова, привез их в Коканд.

Долгие ночи проводил Мадали над этими свитками, пытаясь разгадать надписи, — но все было тщетно. И тогда он позвал своего звездочета. Он знал его очень давно, уважал его, потому что это был образованнейший и умнейший из его подданных, к тому же он никогда не сомневался в его преданности. Мой прапрадед, — рассказывала Гульнара, — хорошо знал астрономию. В одном из свитков он нашел ключ к расшифровке всего текста. Ключ был связан с Млечным Путем. Я не знаю подробностей того, как он расшифровал свитки. Но я знаю, что там было написано.

Глава XI

КАТАСТРОФА НА ИССЫК-КУЛЕ

А написано там было о катастрофе, которая произошла много миллионов лет назад. Цветущая долина, где существовала высокоразвитая цивилизация, вдруг погрузилась в воду. В чем причина? Причина в конфликте между отцом и сыном. Это вечный конфликт — он существует сейчас, он существовал и миллионы лет назад.

Далекая планета Центаврия, входящая, как и тысячи других звезд, в Млечный Путь, населена живыми существами, чья цивилизация обогнала землян на многие миллионы лет. Межпланетные путешествия там были обычным делом, центавриане исследовали и изучали нашу Солнечную систему. И вот однажды они высадились на Земле. Перед ними была цветущая долина, окаймленная высокими горами. Воздух благоухал ароматами неизвестных им цветов и растений. Именно так земляне потом будут описывать рай. И не случайно. Потому что место, где приземлился космический аппарат, действительно было раем. Увы, потерянным. Это место, где ныне находится Иссык-Куль.

— Земля! Как похожа и в то же время как непохожа она на нашу Центаврию! — сказал старший из пришельцев.

А младший воскликнул:

— Я хочу здесь жить! Я не хочу возвращаться домой.

Эти двое центавритян были отец и сын. Отец взял сына за руку и сказал:

— На нашей Центаврии мы бессмертны, потому что там не нарушается Великий Закон Гармонии, а что будет здесь, я не знаю.

— Мы не будем нарушать Великий Закон Гармонии, — ответил сын, — и останемся бессмертными.

— Хорошо, — сказал отец, — твое желание — это и мое желание.

Так зародилась неизвестная цивилизация на Земле. Но, став землянами, центавритяне принесли на новую планету свои знания и технологию. Эти первые земляне жили вечно, не знали болезней и смерти, потому что так же, как и на Центаврии, они соблюдали Великий Закон Гармонии.

Прошло много времени. И вот однажды земляне узнали, что с Центаврии вылетела новая экспедиция к Солнечной Системе. Космический корабль приземлился в долине. Участники новой экспедиции были также потрясены окружающей красотой.

Нечего и говорить, что гостям был оказан царский прием. Их отвели в лучшие покои, на столе появились изысканные яства и напитки.

Мирно текла беседа: гости и хозяева рассказывали о себе. И вдруг отец заметил, что он не все понимает из того, что рассказывают гости с Центаврии, многие слова и явления были ему незнакомы. Поначалу он был совершенно сбит с толку, но потом понял: «Это же временной разрыв в развитии цивилизаций. Они ушли вперед, а мы отстали. Но надо взять себя в руки, не показывать, что мы обижены или огорчены этим. Великий Закон Гармонии не допускает зависти. Как только возникнут ненависть, обида, злоба, Великий Закон рухнет. Жизнь перестанет быть вечной, появятся болезни и смерть».

Он с беспокойством посмотрел на сына: как тот реагирует на рассказы центавриан? Не нарушает ли Великий Закон? Но ничто не предвещало несчастья. Хозяева и гости были рады друг другу, и время проходило незаметно. Но всему приходит конец — наступил момент прощанья. Однако в глазах центавритян не было грусти — всегдашней спутницы расставания: ведь они бессмертны, а значит, еще много раз будут встречаться.

Оставшись одни, отец и сын долго молчали, при этом сын делался все мрачнее и мрачнее. Наконец он сказал:

— Мы отстали, безнадежно отстали в развитии. Теперь я уже не полноценный обитатель Вселенной. Зачем ты привез меня сюда? Это ты, отец, в этом виноват!

«Виноват, виноват», — эхом пронеслись по горному ущелью. Многократно отражаясь от скал, звуковые волны создали эффект катастрофического акустического взрыва. Так был нарушен Великий Закон Гармонии. В жизнь центавритян ворвались слова обиды и гнева. Гармония оказалась разрушенной.

Отец в смятении смотрел на сына. Он лучше него сознавал то, что произошло. Они больше не бессмертны. Теперь болезни и недуги начнут одолевать их, и, прежде всего его, как старшего. Что делать? Что делать? Он обязан был сообщить о случившемся на командный пункт Центаврии. Бросившись к аппарату связи, он передал трагическое сообщение и получил приказ: немедленно покинуть Землю и вернуться на Центаврию.

— Папа, я не полечу с тобой. У меня здесь семья, дети, друзья. Мы не вернемся на Центаврию.

— Но это приказ!

— Мы не выполним этот приказ, — ответил сын.

И снова отец вышел на связь с Центаврией.

— Часть экипажа корабля отказывается выполнить приказ.

Центаврия дает срок: до 17.00 универсального космического времени всем без исключения надлежит покинуть Землю. В указанный час с Центаврии в сторону Земли будет направлен тончайший луч, который, как игла, прошьет скальные пласты и дойдет до подземного озера, которое находится под ними. И через эту искусственную скважину в долину хлынет поток воды и затопит ее. Таково решение Центаврии. Это был непреложный закон, который карал всякого, кто отказывался   выполнять приказ.

Отец пытался уговорить сына, увещевал его, доказывал. Но сын был непреклонен.

— Мы уйдем в горы, — отвечал он. «Теперь, — с отчаянием думал отец, и он и его потомство, потеряв бессмертие, будут страдать и умирать в муках. Это мой единственный сын, которого я люблю безгранично, что же делать?»

На Центаврии уже бывали такие случаи, когда жители планеты, нарушая Великий Закон Гармонии, заражались вирусом смертности. Их спасали. Есть способ уничтожить вирус смертности, победить его, вернуть бессмертие. Этот способ называется молитвой. Эта молитва не похожа на молитвы, известные на Земле. Молитва центавритян заключалась в созерцании Великой Фигуры Гармонии. Эта Фигура состоит из многих углов, она необыкновенно красива. Тот, кто смотрит на Фигуру, постепенно переводя глаза с одного угла на другой, тут же чувствует душевное освобождение, излечивается от любой болезни, вирус смертности погибает, и дар бессмертия возрождается. Отец, как командир корабля, отвечающий за членов экипажа, имел право в экстренных случаях открыть этот великий секрет тем, кто нуждался в помощи.

— Вот, возьми! — протянул он сыну свиток с изображением Великой Фигуры Гармонии. — Это молитва, она может спасти вас, если вы регулярно будете следовать ей.

Это были его последние слова перед расставанием. В следующий миг готовый к взлету корабль покинул Землю навсегда. А минутой позже оставшиеся в долине люди услышали шум воды. Это забил подземный фонтан. Время, указанное в приказе Центаврии, наступило — долину стало заливать водой.

Сын положил свиток, оставленный отцом, в наплечную сумку и направился в горы. За ним потянулись остальные.

Так пришел конец первой великой земной цивилизации. Так возникло озеро Иссык-Куль, родившееся в результате конфликта между отцом и сыном.

Перейдя перевал, люди, уходившие из затапливаемой долины, разделились на несколько групп. Каждая группа выбрала себе направление. И только сын и его семья не тронулись с места. Его охватила тоска, доселе неведомая ему, — тоска по той долине, где он жил так счастливо. И он решил вернуться туда в надежде, что она не вся затоплена и есть там хоть кусочек сухой земли. Так решил он. И в этот момент секрет бессмертия снова вернулся в долину, где уже было красивейшее озеро.

Глава XII

В ТУРЕЦКИХ БАНЯХ

Я был потрясен рассказом Гульнары. Как ни фантастически это звучало, я почему-то сразу же ему поверил.

— Почему вы молчите? — услышал я ее голос. — Я доверила вам тайну нашего рода. Я надеюсь на вашу порядочность.

— В этом можете не сомневаться. Но я должен все обдумать. Дайте мне время.

— Хорошо, я перезвоню через несколько дней, — спокойно ответила Гульнара.

Прошло время, я стал успокаиваться, мне стало казаться, что непосредственная опасность мне не угрожает. И вдруг — снова ночной звонок. Я спокойно снимаю трубку в надежде услышать нежный голос Гульнары, но вместо этого слышу страшный треск, даже не треск, а как будто автоматные очереди. Да, точно, на том конце провода явно слышится перестрелка.

— Алло! — хотел крикнуть я, но от страха из горла вырвался только хрип. Меня прошиб холодный пот.

— Алло! — наконец удалось мне крикнуть.

Но ответа не было, только непрекращающийся треск автоматных и пистолетных выстрелов. И, наконец, на фоне этого грома — голос Виктора:

— Это я! — кричит он в трубку. — Максим, это я, Виктор!

— Где ты? Что это за стрельба?

— Я по-прежнему в Стамбуле, но уже не в центре города, а в маленькой деревушке за Босфором. Мы прячемся в старинной крепости, и нас атакует Сулейман со своими бойцами, которые вчера прибыли из Самарканда. Он пытался убить нас еще в отеле. Нам удалось скрыться и спрятаться в этой крепости. Но он снова настиг нас, и сейчас идет бой. У Мухаммеда-Али в охране двадцать человек, а у Сулеймана в три раза больше. Мы не знаем, чем это все кончится, и Мухаммед-Али просил меня позвонить тебе, чтобы...

Но в это время раздался взрыв, и связь прервалась. «Ужас! — подумал я. — Как сто лет назад, в жестокой, смертельной схватке схлестнулись вечные противники: потомок кокандского хана и потомок бухарского эмира. Чем закончился этот бой в Стамбуле?»

К счастью, ответа ждать пришлось недолго. Через три дня Виктор позвонил снова. И вот что он мне рассказал.

В крепости, где укрывались Мухаммед-Али и Виктор, был подземный туннель, по которому они ушли из-под самого носа Сулеймана. Вначале, когда они вошли в туннель, Виктор думал, что он никогда не кончится и им суждено в нем погибнуть. Но прошло менее часа, и они увидели впереди свет, а вскоре поднялись по крутым ступенькам в небольшой зал.

— Где мы? — спросил Виктор Мухаммеда-Али.

— Не беспокойтесь, Исаев, мы в самом безопасном месте в мире. Здесь нам Сулейман не страшен. Он никогда не догадается, где мы прячемся. Это старинные турецкие бани, которые принадлежат нашему роду. Очень давно они были построены на деньги моего прадеда, а сейчас управляет этими банями преданный мне человек.

Действительно, слова Мухаммеда-Али подтвердились немедленно. В зал вошел какой-то человек, судя по виду, охранник. Он поклонился Мухаммеду-Али и с почестями проводил его и Виктора к управляющему. Управляющий оказался очень молодым человеком богатырского телосложения. Он принял Мухаммеда-Али и Виктора так, как будто давно их ждал, совсем не удивившись их появлению. Не задавая вопросов, он распахнул перед ними двери зала.

Ослепительная красота убранства поразила Виктора. Стены были отделаны каким-то неизвестным ему камнем необыкновенной белизны. Позже Мухаммед-Али рассказал Виктору, что этот камень не только красив, но имеет еще и целебные свойства. На полу лежали ковры и множество подушек. Мухаммед-Али первым опустился на них и жестом повелителя предложил сесть справа от себя управляющему, а слева — Виктору.

Виктор был так потрясен, что не мог сказать ни слова. Мухаммед-Али выглядел настоящим ханом: спина его распрямилась, глаза горели огнем. Сразу было видно, что он здесь владыка.

«Как быстро меняется человек, — подумал Виктор. — Еще там, в Стамбуле, он старался быть, как все, не выделяться из толпы, всем своим видом подчеркивал, что он обыкновенный человек. Как же меняют человека богатство и власть!»

Эти размышления прервал резкий голос Мухаммеда-Али:

— Виктор, вы что, заснули? Кушать подано!

Виктор поднял голову и увидел, что красивейшие молодые девушки внесли в зал еду. Запах и вид восточных яств кружил ему голову. Он понял, как проголодался, и уже готов был приступить к трапезе, но Мухаммед-Али остановил его.

— Виктор, не торопитесь! Помолимся вначале, возблагодарим Аллаха за счастливое спасение.

Кончив молиться, они уже протянули руки за едой. Но кусок мяса вдруг запрыгал на подносе, как мячик. Виктор остолбенел в изумлении и страхе. И тут оглушительной силы взрыв раздался где-то рядом, до старых бань докатилась взрывная волна. От испуга Виктор весь сжался, его стало трясти. Жуткие мысли, одна страшнее другой, проносились в его голове. «Наверное, это Сулейман со своими головорезами ворвался в бани. Конец близок. Уж он то не пощадит!» Со страхом Виктор взглянул на Мухаммеда-Али. И что же он увидел? Ни один мускул не дрогнул на лице потомка Мадали. Довольная усмешка играла на его губах. Он не спеша пил красное вино из хрустального бокала. «Чему он радуется?» — подумал Виктор. Мухаммед-Али ответил на его немой вопрос.

— Доигрался этот паршивый пес Сулейман. Я взорвал его, или, по крайней мере — его бандитов.

— Как?!

— Войдя в крепость и не найдя нас, они все обыскали и нашли туннель. Тут-то они и поняли, как мы ушли от них. Сулейман пустил по нашему следу свою банду. Он загнал их в туннель и приказал достать нас живыми или мертвыми. Я предвидел это и заранее заминировал туннель. Я давно готовил эту ловушку. Может, Сулейман и остался жив, но большая часть его банды уже трупы. И он никогда не догадается, куда вел туннель.

Виктор был сражен рассказом Мухаммеда-Али: дикое коварство совмещалось в нем с гениальным стратегическим талантом.

— Если Сулейман остался жив, — продолжал Мухаммед-Али, — то теперь моя главная задача — добить его, уже ослабленного. Теперь у него нет такой большой охраны. Я, наконец, отомщу за своего великого предка, которого зверски убил предок Сулеймана!

И он рассказал Виктору, как произошло это жестокое убийство. Возбужденный собственным рассказом, Мухаммед-Али вскочил на ноги и воскликнул:

— Я убью его завтра же, и вы, Виктор, мне поможете в этом!

Теперь и Виктор вскочил с подушек.

— Великий хан, я заключил с вами контракт на поиски клада, а не на убийство!

Услышав эти слова, Мухаммед-Али подошел к нему, положил руки ему на плечи и пристально посмотрел в глаза.

— Господин Исаев, вы будете делать все, что я прикажу. Иначе вы разделите участь Сулеймана. Мои разведчики день и ночь наблюдают за его виллой. Если он сегодня вернется домой, мне немедленно сообщат об этом. И завтра я с ним разделаюсь. Его погубит страсть к быстрой езде. Любимое занятие Сулеймана — носиться на бешеной скорости в своем красном «Феррари» по Стамбулу. «Феррари» — хороший, быстрый автомобиль. Но мы будем преследовать его на моем желтом «Ламборджини». Мы загоним его в Босфор! Я буду за рулем, вы будете сидеть рядом. Мне нужен ассистент, но я не хочу, чтобы кто-то из моих людей участвовал в этом.

Виктор поник от этих слов.

— Идите спать, — коротко приказал Мухаммед-Али. — Завтра у нас с вами будет тяжелый день.

Глава XIII

«ФЕРРАРИ». «ЛАМБОРДЖИНИ». БОСФОР

Наступило утро. Всю ночь Виктор просыпался в холодном поту — ему снились кошмары. Разбудил его стук в дверь; слуга принес завтрак. Едва он закончил есть, как на пороге появился улыбающийся Мухаммед-Али.

— Вы представляете, этот поганый пес Сулейман остался-таки жив! Он сейчас преспокойно спит на своей вилле. Но ничего, он от нас не уйдет! По вечерам он обычно выезжает в город. Чтобы он не узнал нас, мои слуги загримируют нас. Они такие искусные мастера! Будьте спокойны: вас и родная мать не узнает!

К шести часам вечера они были готовы и сидели в «Ламборджини». Виктор много слышал об этой прекрасной машине, иногда видел ее на улицах разных городов, но ездить на ней ему еще не доводилось.

О таком автомобиле мечтают многие: плавность и

изящество линий, мягкий, но удивительно быстрый ход. Виктор вспомнил, что читал об истории создания легендарного автомобиля. Ферруччио Ламборджини, преуспевающий производитель тракторов, увлекался спортивными автомобилями. Однажды он пришел к Энцо Феррари, чтобы пожаловаться на некоторые недостатки своего автомобиля. Он надеялся заинтересовать Феррари рядом интересных, на его взгляд, идей. Однако Энцо даже и слушать не захотел посетителя. Такое невежливое обращение задело за живое Ламборджини, и он решил доказать свою правоту. Он загорелся идеей создать суперавтомобиль.

Настойчивость Ламборджини, знание своего дела и умение привлекать к этому делу талантливых людей принесли свои плоды. Уже в следующем году первый автомобиль «Ламборджини» потряс публику.

«Да, это не машина, а сказка!» — думал про себя восхищенный Виктор. Мухаммед-Али кинул на него взгляд и как бы подтверждая его мысли сказал:

— Эта машина — просто ракета. Она абсолютно новая, я в первый раз выезжаю на ней в город. Так что, господин Исаев, вы сейчас испытаете удовольствие от езды с космической скоростью.

Но тронулись они очень медленно. Мухаммед-Али как будто дразнил Виктора, не спеша разгоняя машину. По дороге он раскрыл ему свой план.

— Мы подъедем к вилле Сулеймана примерно на

такое расстояние, чтобы хорошо видеть выезжающие из нее машины. Охрана Сулеймана эту машину никогда не видела и нас не узнает. Я останусь сидеть в машине, а вы выйдете, и будете делать вид, что возитесь с мотором. Как только «Феррари» выедет из ворот, мы немедленно начнем преследовать его. Сулейман будет метаться по узким улочкам Стамбула. Ваша задача — быть штурманом, помогать мне не упустить автомобиль из виду. Для этого вы должны сосредоточить взгляд только на этой одной машине. Для вас ничего больше не должно существовать.

Они подъехали к вилле Сулеймана. Виктор вышел из машины и, как они с Мухаммедом-Али договорились, открыл капот и стал делать вид, что что-то рассматривает в моторе. Ждать пришлось недолго. Ворота виллы распахнулись, и из них не выехал, а вылетел пулей красный «Феррари». Виктор захлопнул капот, вскочил в машину, и Мухаммед-Али рванул «Ламборджини» с места. Он оказался превосходным гонщиком. Виктору даже не верилось, что за рулем сидит Мухаммед-Али. Все в нем выдавало профессионала: быстрые, четкие движения, никакой суеты. Через несколько минут они уже сели на хвост «Феррари». Поймав восхищенный взгляд Виктора, Мухаммед-Али горделиво улыбнулся:

— Не удивляйтесь, господин Исаев. Чтобы добиться своей главной цели и вернуть себе ханство, мне пришлось освоить много профессий: гонщика, летчика и даже водолаза. А сейчас следите в оба за красным «Феррари». Через некоторое время Сулейман догадается, что мы сидим у него на хвосте. Он поймет, что это погоня, испугается, начнет паниковать и метаться по городу, пытаясь оторваться от нас. Он не бросит автомобиль, побоится, будет считать, что «Феррари» — его убежище. Но он станет ему гробом, а Босфор — могилой. Через несколько часов на одной из набережных Босфора я прижму уставшего Сулеймана к воде. Потом резко поверну руль в его сторону. Пытаясь уйти от столкновения, он сделает неправильный маневр и рухнет в воду.

Виктор представил себе эту кошмарную картину, но отогнал от себя неприятные мысли, подумав: «Дай Бог, чтобы этого не случилось. Пусть план Мухаммеда-Али останется только планом и убийство не совершится. А сейчас мое дело — не спускать глаз с «Феррари»».

Сулейман оказался любителем быстрой езды. Его «Феррари» показывал чудеса скорости и маневренности. Он бесстрашно врезался в поток машин, непрестанно перестраиваясь из ряда в ряд и создавая аварийную ситуацию (возмущенные водители отвечали на эту наглость воем клаксонов и бранью), сворачивал с шоссе и углублялся в узкие улочки, где и пешеходам было тесно, выскакивал на громадной скорости на мосты через Босфор, соединявшие европейскую и азиатскую части города.

Виктор чувствовал, что «Ламборджини» выигрывает гонку. Мухаммед-Али полностью контролировал ситуацию. Иногда он специально обгонял Сулеймана, обходя все преграды и «пробки», но тут же отставал, чтобы не вызвать преждевременного интереса к себе.

Сулейман наконец понял, что за ним ведется погоня. Виктор помимо собственной воли вошел в роль преследователя и даже стал подгонять Мухаммеда-Али, хотя в этом не было необходимости. «Погоня» — простое слово, но сколько в нем страсти, накала, борьбы - этого не рассказать, это нужно испытать.

Стало темнеть. Виктор поймал себя на мысли, что ему хочется, чтобы все это уже было позади. И в этот момент «Феррари» выскочил на набережную. Воды Босфора плескались рядом. Виктор искоса глянул на своего начальника. Мухаммеда-Али был похож на хищника-орла: ни слова, ни звука, только легкие движения в управлении автомобилем. Взгляд его был устремлен на заднее стекло «Феррари». О чем он думал в этот момент? Наверное, о том, что настал миг возмездия.

Мухаммед-Али прибавил скорость и поравнялся с «Феррари». «Феррари» ушел влево, вынужденно уступая дорогу «Ламборджини». Но Мухаммед-Али делает короткий, резкий рывок влево — и зажатый между «Ламборджини» и набережной «Феррари» Сулеймана летит в Босфор, а «Ламборджини», не снижая скорости, мчится вперед.

Спустя несколько секунд Мухаммед-Али все-таки сбавил скорость и крикнул Виктору:

— Хотите посмотреть, как он уйдет под воду?

— Нет! Что вы!

По лицу Мухаммеда-Али скользнула презрительная усмешка. Резко затормозив, он подался назад и открыл дверцу.

— Выходите! — сказал он. — Это приказ! Будете наблюдать. Потом я вас заберу. А сейчас я должен уехать, чтобы не попасться на глаза полиции.

— Сколько мне ждать вас? — только и успел спросить Виктор. Но ответа он не услышал.

Было безлюдно. На небе стояла яркая луна, и фонари меркли в ее свете. Виктор с опаской взглянул на залив. «Феррари» некоторое время держался на воде, а потом стал медленно погружаться. В ужасе Виктор ринулся бежать по набережной. Он бежал, не разбирая дороги, лишь бы быть подальше от этого страшного места. Остановил его резкий гудок машины. Он оглянулся и увидел рядом с собой «Ламборджини». Мухаммед-Али распахнул дверцу и резко скуазал:

— Садитесь, господин Исаев! Почему вы нарушили мой приказ?

— Я испугался.

— Что ж, будем надеяться, что этот шакал не вынырнет. Такие случаи бывают крайне редко.

Они медленно двинулись по ночному городу. Ночной Стамбул был похож на сказочный город. Восточная и западная его части, разделенные Босфором, казались крыльями птицы, а корабли, идущие по Босфору, золотыми искрами. Виктор старался не думать о том, что произошло. Мухаммед-Али сказал, как ни в чем не бывало:

— В ближайшее время мы продолжим переговоры с вашим другом в Америке о цене за карту. Теперь мы избавились от конкурента. Я знаю, что Сулейман тоже хотел купить карту кладов у Максима. Надеюсь, что вы сумеете договориться с ним. А теперь я хочу вам устроить экскурсию по этому городу, в котором раньше находилась штаб-квартира моего главного врага. Стамбул всегда был оплотом Сулеймана. Его клану здесь принадлежат магазины, рестораны, банки. Моя крепость — это Кашгар. Там находится моя ставка — ставка кокандского хана. Но я очень люблю Стамбул. Смотрите! Смотрите, господин Исаев! Мы сейчас въезжаем на мост, который соединяет Европу и Азию. Это незабываемый момент в вашей жизни!

Экскурсия по Стамбулу продолжалась до утра. Было ясно, что Мухаммед-Али хочет расслабиться, гоняя «Ламборджини» по улицам ночного города. Виктор с тревогой думал о его словах. Кашгар! Он почти ничего не знал о нем. Вполне возможно, что Мухаммед-Али повезет его и туда.

Близилось утро. Ночное небо, усыпанное яркими звездами, на востоке стало чуть-чуть светлее, чем на западе.

— Пора возвращаться, — сказал Мухаммед-Али и с бешеной скоростью помчался по шоссе. Виктор закрыл

глаза и провалился в сон. Он плохо помнил, как они приехали и разошлись по своим комнатам.

Глава XIV

И СНОВА В ПУТЬ

Весь следующий день Виктора никто не беспокоил, он провел его в постели. К вечеру Мухаммед-Али сам пришел к нему, присел рядом и заговорил, как со старым другом.

— Отдохните, господин Исаев, вы неплохо поработали. Вы когда-нибудь мылись в турецких банях?

— Нет, никогда.

— Сегодня вы будете иметь счастье испытать это.

Истинным раем показались Виктору дни, которые он провел в старых турецких банях. Его отдых прервался только раз, когда он позвонил мне в Америку, желая обговорить цену за карту. Целую неделю он был предоставлен сам себе, но слуги всегда были рядом, и его желания исполнялись мгновенно. С Мухамме-дом-Али они почти не встречались, как видно, у хана были важные дела.

Виктору казалось, что этот рай никогда не кончится, но через неделю ранним утром возбужденный Мухаммед-Али буквально ворвался в его комнату.

— Все, господин Исаев, пора собираться! Нас приглашает в гости к себе Снежный Барс.

«Какой еще снежный барс?» — подумал про себя Виктор. Его мозг еще спал, и даже глаза были закрыты. Он живо представил себе снежного барса в железной клетке, которого видел в детстве в зоопарке, да еще в книгах.

— Вы, наверное, шутите? — спросил он, открыв глаза. — Это очень страшное и опасное животное.

— Да, вы правы, господин Исаев, снежный барс — очень сильный зверь. Но наш Снежный Барс не животное, а человек. Так его зовут люди. Настоящее его имя — Бату, он потомок Чингисхана и живет в степях Монголии.

Говоря это, Мухаммед-Али очень волновался, Виктор никогда не видел его в таком состоянии.

— Почему вы так волнуетесь?

— Вы ничего не понимаете, господин Исаев. От Снежного Барса зависит моя и ваша судьба, а также судьба золотых кладов. Он не только мой и ваш повелитель, он повелитель Вселенной. Сам о себе он говорит, что он потомок Чингисхана, но многие знающие его люди говорят, что он потомок космических пришельцев. А мне кажется, что верно и то и другое. В общем, сами убедитесь, когда встретитесь с ним.

— Я должен встречаться со Снежным Барсом?! — с

ужасом спросил Виктор.

— Обязательно! А кто же будет просить деньги на вознаграждение вашему другу в Америке? У меня таких денег нет. Я очень богатый человек, но таких денег у меня нет.

— А разве Снежного Барса тоже интересует карта золотых кладов?

— Да.

— А почему?

— Это вы узнаете позже. А сейчас готовьтесь к полету.

— К полету? Мы полетим на самолете? Виктору показалось, что у него появился нервный тик. Он вспомнил ночь у Босфора, «Ламборджини», за рулем которого сидел Му-хаммед-Али. А теперь еще и самолет, управлять которым, судя по всему, тоже будет он. Но мысли Виктора были прерваны командой:

— Час на сборы, а потом — на взлетное поле.

И вот Виктор стоит перед блестящим двухмоторным самолетом. Он небольшой, но смотрится солидно. Видно, Мухаммед-Али не пожалел денег на это чудо. Виктор огляделся вокруг. Небольшой частный аэродром под Стамбулом, все официально и легально. Механики проверяют машину, идет заправка. Мухаммед-Али, этот потомок великих кокандских ханов, стоит в облачении высококлассного пилота: шлем, кожаная куртка, специальные сапоги. Вот только парашютов не видно.

— А где парашюты? — спросил Виктор дрожащим голосом.

— Парашюты нам принесет небесный ангел, — ответил Мухаммед-Али.

«Дурацкий юмор», — подумал Виктор, но ничего не сказал.

Быстро прошло время подготовки к полету, и вот они выруливают на взлетную полосу. Мухаммед-Али — впереди, в кабине пилота, Виктор — сзади, в кабине пассажира.

— Пристегните ремни, господин Исаев, — услышал Виктор в наушниках приказ командира. — Может быть сильная тряска и даже ракетный обстрел.

— Ракетный обстрел?! Кто?! Почему?! Но его вопросы остались без ответа, они слились с ревом запущенного двигателя.

Мощный, короткий разбег — и Виктор увидел под крылом самолета уплывающий вдаль Стамбул с его мостами, дворцами, мечетями.

«Прощай, Стамбул! Что ждет меня впереди?» — подумал он.

Глава XV

ОПАСНЫЙ ПЕРЕЛЕТ

— До Кашгара путь не близок, — услышал Виктор в наушниках голос Мухаммеда-Али. — Нам предстоит совершить несколько промежуточных посадок для заправки самолета. Но вы отдыхайте, не беспокойтесь, во всех этих пунктах меня будут встречать мои люди.

Однако Виктор его не услышал. Он спал. Ему снилось детство. Мальчишкой босиком он бежал по пыльной дороге, стараясь догнать солнце, которое медленно закатывалось за вершину близлежащего холма. «Мама, — кричал он, — помоги мне остановить солнце!» Но ответа матери он не услышал. Тяжелый толчок разбудил его.

— Мы приземлились. Стоянка двадцать минут, — резко скомандовал Мухаммед-Али. — Можете выйти, размяться, но дальше двадцати метров от самолета не отходите. Естественно, не курите, не включайте фонари.

Можете справить естественные надобности.

Все было, как во сне. Но это был другой, мрачный сон. Не успел Виктор спрыгнуть на землю, как к нему подошли двое и взяли за локти. «Снова тюрьма», — пронеслось в голове. Его отвели в сторону. Он слышал приглушенный разговор заправлявших самолет людей.

Было темно, свет луны еле пробивался сквозь тучи. «Где мы? Где мы? Где мы?» — сверлила мысль. Мухаммед-Али не сообщил ему пункты посадки. Оставалось только догадываться самому. Подул свежий легкий ветер. Виктор почувствовал запах моря. Справа в темноте виднелись вершины гор. «Наверное, Батуми, — подумал он. — А черт его знает! Какая мне разница, где я? Скорее бы все это кончилось! Вряд ли я выберусь живым из этой истории».

Неожиданно он почувствовал толчок в спину: «Посадка, парень!» Говорили по-русски, но с акцентом. «Да, это Батуми, — решил Виктор. — У Мухаммеда-Али везде есть свои люди. Все решают деньги».

И только он подумал об этом, как заметил при подходе к самолету, что Мухаммед-Али, прощаясь с кем-то, жмет ему руку и передает пакет. Вот они, деньги.

Вся эта процедура, посадка — заправка — деньги, повторилась еще несколько раз. Виктора уже совсем не интересовало, что происходит вокруг. На последней заправке они задержались дольше обычного. Механики внимательно проверяли самолет.

— Впереди самый опасный участок, — пояснил Мухаммед-Али. — В ущельях, над которыми мы полетим, прячутся боевики Сулеймана.

Самолет медленно вырулил на взлетную полосу. Виктор закрыл глаза. Ему очень хотелось снова провалиться в сон, но спать он больше не мог. Его охватило беспокойство, быстро перешедшее в страх. Самолет плавно парил над горами, высоко светила луна. «А что, если уставший от бешеного темпа последних дней Му-хаммед-Али заснет за штурвалом самолета на самом опасном участке пути? — думал Виктор.

— Ведь он уже немолод, очень немолод». Виктор решил поговорить с Мухаммедом-Али.

— Мой господин, — крикнул он в микрофон, — где мы летим?

— В космосе, — послышался ответ и смех.

Виктор никогда не слышал, чтобы Мухаммед-Али смеялся. А сейчас он смеялся так искренне и простодушно, как смеются дети.

— В космосе, в космосе, — повторил он,

— вся Вселенная — космос. Виктор решил ответить шуткой.

— Но я не чувствую невесомости.

— Что? Невесомости?

В этот момент самолет сильно тряхнуло. Виктор больно ударился лбом о стенку кабины и до крови прикусил язык.

— Что это такое? — крикнул он.

— Молчать, собака! Нас обстреливают! Обстреливают из «Стингеров». Ты, что, не знаешь о таком оружии?

И тут Виктор не только услышал, но и увидел несколько разрывов ракет справа и впереди по курсу самолета. Мухаммед-Али беспрестанно ругался. Всю свою злобу за «Стингеры» он выливал на Виктора. Наверное, ему было так легче. От постоянных взрывов самолет стало трясти, как будто било мелким ознобом.

— Прощайся со своей любушкой, — услышал Виктор в наушниках. — Есть ведь, наверное, у тебя подруга. Собака Сулейман, видимо, спасся и теперь хочет разнести нас вдребезги своими ракетами. А ракет у него много, очень много.

То, что случилось в следующие минуты, было настоящим кошмаром. Это невозможно описать. Стараясь уйти из-под огня, Мухаммед-Али стал резко набирать высоту. Виктора просто вдавило в сиденье, как будто его посадили под многотонный пресс. В какой-то момент он почувствовал, что самолет бросает из стороны в сторону.

— Вы живы? — услышал он голос Мухаммеда-Али. — Я хочу уйти из зоны обстрела, и сейчас буду совершать резкие маневры. Держитесь, мой друг!

Голос его был почти нежный. Самолет резко накренился и стал падать вниз. Появилось ощущение, что разрывы остаются где-то позади. «Неужели пронесло?» — подумал Виктор, но вдруг почувствовал резкий запах гари.

— Что горит? — крикнул он.

— Дымит правый двигатель. Наймиты Сулеймана все же смогли повредить наш самолет. Но до Кашгара осталось совсем мало. Я отключил горящий двигатель. К нему не поступает больше горючее. Так что постараюсь дотянуть на одном.

Дальнейшее Виктор не помнил: то ли он потерял сознание, то ли перенес психологический шок.

Глава XVI

КАШГАР

Виктор открыл глаза. Комната, где он находился, напоминала больничную палату. Он не помнил, сколько прошло времени. Рядом с ним сидела красивая молодая женщина.

— Господин Исаев, вы очнулись! Поздравляю! — сказала она на чистом русском языке. — Я личный врач господина Мухаммеда-Али, зовут меня Ольга Петровна, можете звать меня просто Олей. Господин Мухаммед-Али очень беспокоится о вашем здоровье, я дежурю у вашей постели уже сутки. Сейчас позвоню ему и сообщу, что вы пришли в сознание.

Она быстро вышла, а Виктор заметил, что в углу палаты сидит какой-то мужчина и наблюдает за ним. «Охрана, — догадался он. — Мухаммед-Али не спускает с меня глаз ни на секунду».

В этот момент в палату не вошел, а влетел улыбающийся, радостный Мухаммед-Али.

— Исаев, поздравляю вас! Мы спаслись, благополучно приземлились, и теперь мы дома, в Кашгаре. Здесь временно находится моя главная ставка, ставка кокандского хана. Временно, именно временно. Пройдет время, я или мои потомки переведут ее в Коканд. Кашгар — это мой оплот, как Стамбул — база собаки Сулеймана. Здесь нам нечего бояться. Выздоравливайте скорее! — И так же внезапно, как вошел, Мухаммед-Али вышел из палаты.

Недели через две Виктор поправился и чувствовал себя вполне сносно. Лечение и хороший уход сделали свое дело. Здесь к нему относились, как к очень важной персоне. Виктор догадался: Мухаммед-Али приказал. Пребывание в Кашгаре было очень приятным. Виктору разрешили бродить по городу, естественно, с охранником, а Мухаммед-Али даже выдал ему денег.

— Покупайте, что хотите. Здесь много самых разных сладостей.

Виктор с удовольствием изучал Кашгар, этот необыкновенный город, заброшенный высоко в горы. Он показался Виктору городом-призраком — красивый и экзотичный, но какой-то нереальный. «Важнейший пункт Великого шелкового пути, — вспоминал он историю. — Хорошо бы отсюда никуда не уезжать». Приятное чувство полной безопасности, сытости и успокоенности наполняло Виктора.

Так прошло несколько дней. Но как-то вечером Мухаммед-Али пригласил его на ужин.

— Завтра мы уезжаем из Кашгара.

— Куда?

— В Монголию, в главную ставку Чингисхана.

— Какого Чингисхана? — поперхнулся Виктор. В горле у него застрял кусочек баранины.

— Не подавитесь, господин Исаев, запейте вином. Если вы не погибли под «Стингерами», обидно будет умереть от прекрасного узбекского шашлыка, — смеялся над ним Мухаммед-Али. Засмеялись и все гости, приглашенные Мухаммедом-Али на ужин.

— Ничего, ничего, со мной все в порядке, — сказал Виктор, принимая бокал красного вина из рук Мухаммеда-Али. — Но насколько я знаю, Чингисхана давно уже нет в живых.

— Откуда вы знаете? — спросил Мухаммед-Али.

— Из книжек.

— Мало ли что пишут в книжках. Мухаммед-Али смеялся, явно разыгрывая Виктора. Виктор принял игру и засмеялся в ответ.

— А впрочем, я ничего не утверждаю, — сказал он.

— Да, после всего, что вы пережили и увидели, вы можете поверить в самое невероятное. Но вы правы, к сожалению, великого Чингисхана давно нет в этом мире, а в Монголии нас ждет его потомок, которого зовут Снежный Барс. Помните, я рассказывал вам о нем? Он иногда приглашает на встречу всех нас, в ком течет кровь повелителей. Я не знаю, что он хочет сообщить нам на этот раз, но Снежный Барс потребовал приехать немедленно. А теперь идите отдыхать, господин Исаев, завтра рано утром нам предстоит неблизкий путь.

— Я не полечу! — вырвалось у Виктора. — Я боюсь! Это ужасно!

— Мы не полетим, а поползем, — сказал Мухаммед-Али, добродушно похлопывая Виктора по плечу. — Медленно поползем по крутым горным дорогам, пока не выедем на просторные монгольские степи. Вы будете в полной безопасности, не беспокойтесь. Лучший внедорожник мира, джип «Лэндровер», никогда не подводил меня на этой трассе.

Мухаммед-Али не обманул: путешествие прошло благополучно. В конечный пункт своего маршрута они прибыли поздно ночью. Для них была приготовлена юрта, в которой разместились все: Мухаммед-Али, Виктор и трое сопровождавших их охранников.

Виктор чувствовал, что Мухаммед-Али нервничает. Всю ночь он ворочался с боку на бок, несколько раз вставал и выходил из юрты. «Что его беспокоит? — думал Виктор. — А впрочем, завтра все прояснится». И с этими мыслями он заснул.

Глава XVII

В ГОСТЯХ У СНЕЖНОГО БАРСА

Наступило утро. Красивый восход в монгольской степи. Все проснулись очень рано, и вышли из юрты. Рядом паслись табуны лошадей, но людей видно не было.

«Где же люди?» — подумал Виктор, и в этот момент раздался стук копыт. Несколько всадников остановились возле Мухаммеда-Али. Спешившись, они отвесили ему глубокий поклон и после этого довольно долго о чем-то говорили. Виктор с охранниками стояли в стороне, и ветер доносил до них обрывки фраз на непонятном языке. Когда разговор закончился, всадники галопом умчались прочь. Лишь один из них остался возле Мухаммеда-Али. Это был невысокий коренастый монгол.

— Наш проводник, — сказал Мухаммед-Али, представляя его Виктору. — Снежный Барс приказал нам прибыть на его виллу.

— На виллу? — переспросил Виктор. — А я думал, потомок Чингисхана встретит нас в ханском шатре.

В ответ Мухаммед-Али коротко приказал:

— В машину!

Джип тронулся. Впереди и немного правее от него ехал проводник. Виктор залюбовался невиданной красотой окружавшей его природы. Монгольские степи были покрыты ковром из цветов.

«Восьмое чудо света, — думал Виктор, — только земля и небо, а как красиво! Земля и небо — что еще нужно человеку для счастья? Родная земля и родное небо».

Он целиком погрузился в свои мысли и не заметил, что долина, плоская, как стол, кончилась, и ей на смену пришли холмы. Дорога шла вдоль небольшого ручья. Проводник жестом попросил остановиться и предложил всем отдохнуть. Пока они пили чистую родниковую воду, он что-то говорил Мухаммеду-Али. Пожав друг другу руки, они расстались. Проводник сел на лошадь и быстро скрылся, а Мухаммед-Али подошел к своим спутникам.

— Вот и приехали, — сказал он. — Там, на холме, вилла Снежного Барса.

Мухаммед-Али вкратце обрисовал ситуацию. Склон, на котором они сейчас находились, расположен с восточной, тыльной стороны виллы. С западной стороны, где находится парадный вход, — великолепная дорога, по которой можно добраться в столицу Монголии Улан-Батор. Сегодня вечером на вилле Снежного Барса дипломатический прием. Будет много приглашенных знаменитостей: дипломаты, члены правительства, артисты и даже звезды Голливуда.

— Мы должны выглядеть соответственно обстановке, — закончил он.

Все одновременно улыбнулись и посмотрели друг на друга. Запыленные небритые лица, пропахшая потом и бензином одежда — а тут дипломатический прием! Мухаммед-Али успокоил их:

— Все предусмотрено. В нашем распоряжении целый день. В специальном гостевом коттедже для нас приготовлена еда и чистая одежда. Будет время помыться и привести себя в порядок. — Говоря это, он преобразился — тревога и растерянность покинули его. Он весь был как сгусток энергии.

— Вперед! — скомандовал он.

Резко нажав на акселератор, он рванул джип с такой скоростью, что его спутники испугались: все ли в порядке с их повелителем. Пулей взлетел автомобиль на вершину холма, и Виктор увидел прекрасный оазис с роскошным парком за чугунной оградой.

Они остановились перед закрытыми воротами. Из ближайшего здания вышли люди, подошли к машине, не сказав ни слова, стали их обыскивать. Неподалеку стоял человек, молча наблюдавший за действиями охранников. В нем Виктор узнал их недавнего проводника.

Наконец ворота распахнулись, и их проводили в

предназначенный для них коттедж. Весь день прошел в приготовлениях к приему. Снежный Барс предоставил в их распоряжение специалистов высочайшего класса, и после всех процедур Виктор чувствовал себя таким бодрым и свежим, как будто заново родился.

Мухаммед-Али тщательно проверил, как сидит на Викторе фрак. На удивление, не нашел, к чему придраться.

— Вы должны вести себя так, — наставлял он, — чтобы никто не усомнился в ваших хороших манерах. Сейчас вы входите в свиту кокандского хана, и этим все сказано.

Вскоре в дверь коттеджа постучали: за ними пришли, чтобы проводить их к Снежному Барсу. Они шли по аллее, и Виктор не переставал поражаться пышной красоте, окружавшей его. Трудно поверить, что внизу, за пригорком — бескрайние монгольские степи.

Аллея закончилась, и они увидели необыкновенное по архитектуре здание. Оно напоминало корабль. «Корабль в степи, — подумал Виктор. — Не ожидал, что у Снежного Барса такая вилла». Навстречу им по ступенькам спускались люди. Впереди шел красивый, элегантный мужчина в белом смокинге.

— Приветствую тебя, Мухаммед-Али, потомок великого кокандского хана, — сказал он. — Ты и твои друзья — мои дорогие гости. Проходите.

— Здравствуй, мой повелитель, — ответил Мухаммед-Али, низко поклонившись.

Они проследовали за хозяином в гостиную, где Снежный Барс познакомил их с некоторыми гостями. Ох, сколько здесь было знаменитостей! Виктору казалось, что он не на приеме в степях Монголии, а на церемонии вручения «Оскаров», которую он видел по телевизору. Но главное их ждало впереди.

Глава XVIII

ПОСЛЕДНИЙ СЕКРЕТ ЧИНГИЗХАНА

Обо всех этих событиях я узнал от Виктора, когда встретился с ним на вилле Снежного Барса. Да-да, дорогие читатели, я тоже получил приглашение от этого великого человека и был доставлен с величайшим комфортом на его виллу в Монголии. Потомок Чингисхана встретил меня очень дружелюбно и попросил отдать ему карту. Взамен он предложил мне выбор: либо значительное денежное вознаграждение, либо его вечное покровительство, защита и духовная поддержка. Я выбрал второе и, как оказалось, выбор был правильный. Очень скоро я в этом убедился.

Но вернемся к Виктору и Мухаммеду-Али. Из большой гостиной, где было множество гостей, их проводили в затемненную комнату, где горело лишь несколько настольных ламп. За небольшими столиками сидели люди.

Их лиц нельзя было разглядеть. Бесшумно двигавшийся официант предложил им напитки, и некоторое время они сидели в полной тишине. Мухаммед-Али напряженно пытался разглядеть людей за соседними столиками.

Неожиданно вспыхнул яркий свет. В центре комнаты стоял Снежный Барс.

— Дорогие друзья, я пригласил вас сюда, чтобы открыть вам секрет моего великого предка Чингисхана, — сказал он. — Вы все связаны одной целью — найти клады, спрятанные на Иссык-Куле. Я давно слежу за вашей борьбой и знаю о вас все. Вы видите, что среди приглашенных и потомок кокандского хана Мухаммед-Али, и потомок бухарского эмира Сулейман, и праправнучка звездочета кокандского хана Гуль-нара, и наш гость из Америки Максим Корсаков, в руках которого волею судьбы оказалась карта золотых кладов. Сейчас вы все мои гости, и я прошу вас оставить вражду и конкуренцию и выслушать меня внимательно. Я сообщу вам волю Чингисхана. Оригинал завещания хранится за Великой китайской стеной в месте, которое известно только мне.

Снежный Барс достал небольшой свиток и прочел:

— «Через тысячу лет после смерти я восстану из могилы, чтобы вернуть былую славу своему народу. До моего возвращения в земной мир я запрещаю прикасаться к тем сокровищам, которые я завещал спрятать на Иссык-Куле». — Снежный Барс аккуратно свернул свиток в трубочку и продолжал: — Теперь вам понятно, что любые поиски сокровищ на Иссык-Куле — это нарушение запрета Чингисхана. Я убедительно прошу вас проявить уважением к воле моего великого предка.

* * *

Вернувшись домой, я решил встретиться со своим знакомым историком Олегом и рассказать ему о тех приключениях, которые произошли со мной. И вот я снова в его уютной квартире, сижу в мягком кресле с чашечкой кофе, а вокруг — книги, книги, книги... Кажется, их стало еще больше, и маленький щупленький Олег иногда даже теряется среди этого обилия томов.

— Олег, где ты? — зову я его.

— Сейчас я тебе что-то покажу, — говорит он, доставая с полки «Записки» великого русского путешественника Н.М.Пржевальского. — Да, был такой случай. В одном из своих путешествий Пржевальский слышал об этом завещании Чингисхана. По словам местных жителей, прах Чингисхана лежит под желтым шелковым балдахином посреди кумирни и покоится в двух вставленных друг в друга гробах: серебряном и деревянном. Тут же находится и его оружие. Чингисхан лежит точно спящий, хотя никто из рассказчиков этого не видел. Каждый вечер ему ставят жареного барана, и к утру он его съедает. Умирая, Чингисхан определил время своего воскресения через тысячу лет после смерти. К этому же времени в Китае воскреснет богатырь, с которым Чингисхан сразится, победит и выведет свой народ в Халху, коренную родину монголов.

Как всегда, разговор с Олегом был настолько увлекательным, что я засиделся допоздна. По пути домой я вспоминал все, что рассказал Олег, и все, что произошло со мной за последнее время. Молотом в голове стучал вопрос: в чем же секрет великого Чингисхана? Как он сумел своим завещанием усмирить вековую вражду? Перед глазами встал его потомок, Снежный Барс, который, прощаясь со мной, сказал:

— Мудрость и уважение к традициям позволили потомкам древних родов заключить мир. Но есть другие, неизвестные вам охотники за кладами Иссык-Куля, которые продолжают беспощадную борьбу со мной.

ПРОДОЛЖЕНИЕ СЛЕДУЕТ.

Приглашаю писателей , заинтересованных темой Великого Шелково пути, к работе над продолжением этого сериала.

HERTFORDSHIRE PRESS

Title List

Igor Savitsky:
Artist, Collector, Museum Founder
by Marinika Babanazarova (2011)

Since the early 2000s, Igor Savitsky's life and accomplishments have earned increasing international recognition. He and the museum he founded in Nukus, the capital of Karakalpakstan in the far northwest of Uzbekistan. Marinika Babanazarova's memoir is based on her 1990 graduate dissertation at the Tashkent Theatre and Art Institute. It draws upon correspondence, official records, and other documents about the Savitsky family that have become available during the last few years, as well as the recollections of a wide range of people who knew Igor Savitsky personally.

Игорь Савитский: художник, собиратель, основатель музея

С начала 2000-х годов, жизнь и достижения Игоря Савицкого получили широкое признание во всем мире. Он и его музей, основанный в Нукусе, столице Каракалпакстана, стали предметом многочисленных статей в мировых газетах и журналах, таких как TheGuardian и NewYorkTimes, телевизионных программ в Австралии, Германии и Японии. Книга издана на русском, английском и французском языках.

Igor Savitski: Peintre, collectionneur, fondateur du Musée (French), (2012)

Le mémoire de Mme Babanazarova, basé sur sa thèse de 1990 à l'Institut de Théâtre et D'art de Tachkent, s'appuie sur la correspondance, les dossiers officiels et d'autres documents d'Igor Savitsky et de sa famille, qui sont devenus disponibles dernièrement, ainsi que sur les souvenirs de nombreuses personnes ayant connu Savistky personellement, ainsi que sur sa propre expérience de travail a ses cotés, en tant que successeur designé. son nom a titre posthume.

LANGUAGE: **ENG, RUS, FR**   ISBN: **978-0955754999**   RRP: **£10.00**
AVAILABLE ON **KINDLE**

Savitsky Collection Selected Masterpieces.
Poster set of 8 posters (2014)

Limited edition of prints from the world-renowned Museum of Igor Savitsky in Nukus, Uzbekistan. The set includs nine of the most famous works from the Savitsky collection wrapped in a colourful envelope. Selected Masterpieces of the Savitsky Collection.

[Cover] BullVasily Lysenko 1. Oriental Café Aleksei Isupov 2. Rendezvous Sergei Luppov 3. By the Sea. Marie-LouiseKliment Red'ko 4. Apocalypse Aleksei Rybnikov 5. Rain Irina Shtange 6. Purple Autumn Ural Tansykbayaev 7. To the Train Viktor Ufimtsev 8. Brigade to the fields Alexander Volkov This museum, also known as the Nukus Museum or the Savitsky

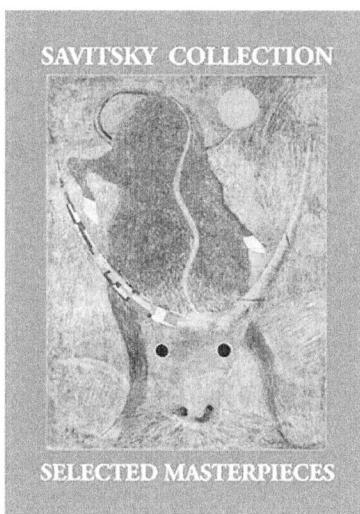

ISBN: **9780992787387**
RRP: **£25.00**

**Friendly Steppes.
A Silk Road Journey**
by Nick Rowan

This is the chronicle of an extraordinary adventure that led Nick Rowan to some of the world's most incredible and hidden places. Intertwined with the magic of 2,000 years of Silk Road history, he recounts his experiences coupled with a remarkable realisation of just what an impact this trade route has had on our society as we know it today. Containing colourful stories, beautiful photography and vivid characters, and wrapped in the local myths and legends told by the people Nick met and who live along the route, this is both a travelogue and an education of a part of the world that has remained hidden for hundreds of years.

HARD BACK ISBN: **978-0-9927873-4-9**
PAPERBACK ISBN: **978-0-9557549-4-4**
RRP: **£14.95**
AVAILABLE ON **KINDLE**

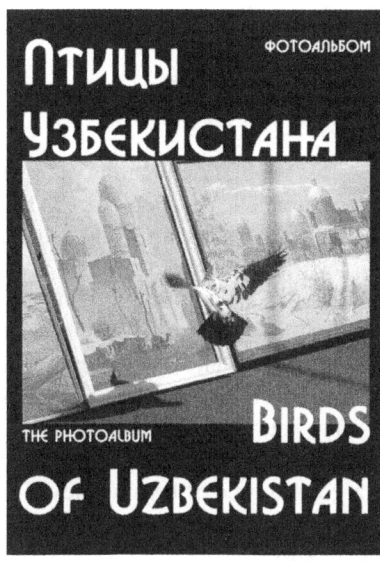

Birds of Uzbeksitan
by Nedosekov (2012)

FIRST
AND ONLY PHOTOALBUM
OF UZBEKISTAN BIRDS!

This book, which provides an introduction to the birdlife of Uzbekistan, is a welcome addition to the tools available to those working to conserve the natural heritage of the country. In addition to being the first photographic guide to the birds of Uzbekistan, the book is unique in only using photographs taken within the country. The compilers are to be congratulated on preparing an attractive and accessible work which hopefully will encourage more people to discover the rich birdlife of the country and want to protect it for future generations

HARD BACK
ISBN: **978-0-955754913**
RRP: **£25.00**

Pool of Stars
by Olesya Petrova,
Askar Urmanov,
English Edition (2007)

It is the first publication of a young writer Olesya Petrova, a talented and creative person. Fairy-tale characters dwell on this book's pages. Lovely illustrations make this book even more interesting to kids, thanks to a remarkable artist Askar Urmanov. We hope that our young readers will be very happy with such a gift. It's a book that everyone will appreciate. For the young, innocent ones - it's a good source of lessons they'll need in life. For the not-so-young but young at heart, it's a great book to remind us that life is so much more than work.

ISBN: **978-0955754906**   **ENGLISH**   AVAILABLE ON **KINDLE**

«Звёздная лужица»

Первая книга для детей, изданная британским издательством Hertfordshire Press. Это также первая публикация молодой талантливой писательницы Олеси Петровой. Сказочные персонажи живут на страницах этой книги. Прекрасные иллюстрации делают книгу еще более интересной и красочной для детей, благодаря замечательному художнику Аскару Урманову. Вместе Аскар и Олеся составляют удивительный творческий тандем, который привнес жизнь в эту маленькую книгу

ISBN: **978-0955754906**   **RUSSIAN**
RRP: **£4.95**

Кристофер Марло

Buyuk Temurhon (Tamerlane)
by C. Marlowe,
Uzbek Edition (2010)

Hertfordshire based publisher Silk Road Media, run by Marat Akhmedjanov, and the BBC Uzbek Service have published one of Christopher Marlowe's famous plays, Tamburlaine the Great, translated into the Uzbek language. It is the first of Christopher Marlowe's plays to be translated into Uzbek, which is Tamburlaine's native language. Translated by Hamid Ismailov, the current BBC World Service Writer-in-Residence, this new publication seeks to introduce English classics to Uzbek readers worldwide.

PAPERBACK
ISBN: **9780955754982**
RRP: **£10.00**
AVAILABLE ON **KINDLE**

Kairat Zakiryanov

Under the Wolf nest.
Turkic Rhapsody

Көкжал белгісімен. Түркі рапсодиясы

Under Wolf's Nest
by KairatZakiryanov
English –Kazakh edition

Were the origins of Islam, Christianity and the legend of King Arthur all influenced by steppe nomads from Kazakhstan? Ranging through thousands of years of history, and drawing on sources from Herodotus through to contemporary Kazakh and Russian research, the crucial role in the creation of modern civilisation played by the Turkic people is revealed in this detailed yet highly accessible work. Professor Kairat Zakiryanov, President of the Kazakh Academy of Sport and Tourism, explains how generations of steppe nomads, including Genghis Khan, have helped shape the language, culture and populations of Asia, Europe, the Middle East and America through migrations taking place over millennia.

HARD BACK
ISBN: **9780957480728**
RRP: **£17.50**
AVAILABLE ON **KINDLE**

When Edelweiss flowers flourish
by Begenas Saratov
English edition (2012)

A spectacular insight into life in the Soviet Union in the late 1960's made all the more intriguing by its setting within the Sovet Republic of Kyrgyzstan. The story explores Soviet life, traditional Kyrgyz life and life on planet Earth through a Science Fiction story based around an alien nations plundering of the planet for life giving herbs. The author reveals far sighted thoughts and concerns for conservation, management of natural resources and dialogue to achieve peace yet at the same time shows extraordinary foresight with ideas for future technologies and the progress of science. The whole style of the writing gives a fascinating insight into the many facets of life in a highly civilised yet rarely known part of the world.

ISBN: **978-0955754951** **PAPERBACK** AVAILABLE ON **KINDLE**

Mamyry gyldogon maalda

Это фантастический рассказ, повествующий о советской жизни, жизни кыргызского народа и о жизни на планете в целом. Автор рассказывает об инопланетных народах, которые пришли на нашу планету, чтобы разграбить ее. Автор раскрывает дальновидность мысли о сохранение и рациональном использовании природных ресурсов, а также диалога для достижения мира и в то же время показывает необычайную дальновидность с идеями для будущих технологий и прогресса науки. Книга также издана на **кыргызском языке**.

ISBN: **9780955754951**
RRP: **£12.95**

Tales from Bush House
(BBC Wolrd Service)
by Hamid Ismailov
(2012)

Tales From Bush House is a collection of short narratives about working lives, mostly real and comic, sometimes poignant or apocryphal, gifted to the editors by former and current BBC World Service employees. They are tales from inside Bush House - the home of the World Service since 1941 - escaping through its marble-clad walls at a time when its staff begin their departure to new premises in Portland Place. In July 2012, the grand doors of this imposing building will close on a vibrant chapter in the history of Britain's most cosmopolitan organisation. So this is a timely book.

PAPERBACK
ISBN: **9780955754975**
RRP: **£12.95**
AVAILABLE ON **KINDLE**

Жулдуз Байзакова
Песни темного огня

Chants of Dark Fire
(Песни темного огня)
by Zhulduz Baizakova
Russian edition (2012)

This contemporary work of poetry contains the deep and inspirational rhythms of the ancient Steppe. It combines the nomad, modern, postmodern influences in Kazakhstani culture in the early 21st century, and reveals the hidden depths of contrasts, darkness, and longing for light that breathes both ice and fire to inspire a rich form of poetry worthy of reading and contemplating. It is also distinguished by the uniqueness of its style and substance. Simply sublime, it has to be read and felt for real.

ISBN: **978-0957480711**
RRP: **£10.00**

Kamila
by R. Karimov
Kyrgyz – Uzbek Edition (2013)

«Камила» - это история о сироте, растущей на юге Кыргызстана. Наряду с личной трагедией Камилы и ее родителей, Рахим Каримов описывает очень реалистично и подробно местный образ жизни. Роман выиграл конкурс "Искусство книги-2005" в Бишкеке и был признан национальным бестселлером Книжной палаты Кыргызской Республики.

PAPERBACK
ISBN: **978-0957480773**
RRP: **£10.00**

Gods of the Middle World
by Galina Dolgaya (2013)

The Gods of the Middle World tells the story of Sima, a student of archaeology for whom the old lore and ways of the Central Asian steppe peoples are as vivid as the present. When she joints a group of archaeologists in southern Kazakhstan, asking all the time whether it is really possible to 'commune with the spirits', she soon discovers the answer first hand, setting in motion events in the spirit world that have been frozen for centuries. Meanwhile three millennia earlier, on the same spot, a young woman and her companion struggle to survive and amend wrongs that have caused the neighbouring tribe to take revenge. The two narratives mirror one another, and Sima's destiny is to resolve the ancient wrongs in her own lifetime and so restore the proper balance of the forces of good and evil

PAPERBACK
ISBN: **978-0957480797**
RRP: **£14.95**
AVAILABLE ON **KINDLE**

Jazz Book, poetry
by Alma Sharipova , Russian
Edition

Сборник стихов Алмы
Шариповой JazzCafé,
в котором предлагаются
стихотворения, написанные
в разное время и посвященые
различным событиям из жизни
автора.

Стихотворения Алмы
содержательные
и эмоциональные
одновременно, отражают
философию ее отношения
к происходящему. Почти
каждое стихотворение представляет собой законченный
рассказ в миниатюре. Сюжет разворачивается последовательно
и завершается небольшим резюме в последних строках.
Стихотворения раскрываются, как готовые «формулы» жизни.
Читатель невольно задумывается над ними и может найти как
что-то знакомое, так и новое для себя.

ISBN: **978-0-957480797**
RRP: **£10.00**

KAZAT AKMATOV

THIRTEEN STEPS
TOWARDS THE FATE
OF ERIKA KLAUS

13 steps of Erika Klaus
by Kazat Akmatov (2013)

The story involves the harrowing experiences of a young and very naïve Norwegian woman who has come to Kyrgyzstan to teach English to schoolchildren in a remote mountain outpost. Governed by the megalomaniac Colonel Bronza, the community barely survives under a cruel and unjust neo-fascist regime. Immersed in the local culture, Erika is initially both enchanted and apprehensive but soon becomes disillusioned as day after day, she is forbidden to teach. Alongside Erika's story, are the personal tragedies experienced by former soldier Sovietbek , Stalbek, the local policeman, the Principal of the school and a young man who has married a Kyrgyz refugee from Afghanistan . Each tries in vain, to challenge and change the corrupt political situation in which they are forced to live.

PAPERBACK
ISBN: **978-0957480766**
RRP: **£12.95**
AVAILABLE ON **KINDLE**

The Modernization of Foreign Language Education: The Linguocultural - Communicative Approach
by SalimaKunanbayeva (2013)

Professor S. S. Kunanbayeva - Rector of Ablai Khan Kazakh University of International Relations and World Languages This textbook is the first of its kind in Kazakhstan to be devoted to the theory and practice of foreign language education. It has been written primarily for future teachers of foreign languages and in a wider sense for all those who to be interested in the question (in the problems?) of the study and use of foreign languages. This book outlines an integrated theory of modern foreign language learning (FLL) which has been drawn up and approved under the auspices of the school of science and methodology of Kazakhstan's Ablai Khan University of International Relations and World Languages.

PAPERBACK
ISBN: **978-0957480780**
RRP: **£19.95**
AVAILABLE ON **KINDLE**

Shahidka/ Munabia
by KazatAkmatov (2013)

Munabiya and Shahidka by Kazat Akmatov National Writer of Kyrgyzstan Recently translated into English Akmatov's two love stories are set in rural Kyrgyzstan, where the natural environment, local culture, traditions and political climate all play an integral part in the dramas which unfold. Munabiya is a tale of a family's frustration, fury, sadness and eventual acceptance of a long term love affair between the widowed father and his mistress. In contrast, Shahidka is a multi-stranded story which focuses on the ties which bind a series of individuals to the tragic and ill-fated union between a local Russian girl and her Chechen lover, within a multi-cultural community where violence, corruption and propaganda are part of everyday life.

PAPERBACK
ISBN: **978-0957480759**
RRP: **£12.95**
AVAILABLE ON **KINDLE**

Howl *novel*
by Kazat Akmatov (2014)
English –Russian

The "Howl" by Kazat Akmatov is a beautifully crafted novel centred on life in rural Kyrgyzstan. Characteristic of the country's national writer, the simple plot is imbued with descriptions of the spectacular landscape, wildlife and local customs. The theme however, is universal and the contradictory emotions experienced by Kalen the shepherd must surely ring true to young men, and their parents, the world over. Here is a haunting and sensitively written story of a bitter -sweet rite of passage from boyhood to manhood.

PAPERBACK
ISBN: **978-0993044410**
RRP: **£12.50**
AVAILABLE ON **KINDLE**

KAIRAT ZAKIRYANOV

THE TURKIC SAGA
OF GENGHIS KHAN
AND
THE KZ FACTOR

**The Turkic Saga
of Genghis Khan
and the KZ Factor**
by Dr.Kairat Zakiryanov (2014)

An in-depth study of Genghis Khan from a Kazakh perspective, The Turkic Saga of Genghis Khan presupposes that the great Mongol leader and his tribal setting had more in common with the ancestors of the Kazakhs than with the people who today identify as Mongols. This idea is growing in currency in both western and eastern scholarship and is challenging both old Western assumptions and the long-obsolete Soviet perspective. This is an academic work that draws on many Central Asian and Russian sources and often has a Eurasianist bias - while also paying attention to new accounts by Western authors such as Jack Weatherford and John Man. It bears the mark of an independent, unorthodox and passionate scholar.

HARD BACK
ISBN: **978-0992787370**
RRP: **£17.50**
AVAILABLE ON **KINDLE**

Alphabet Game
by Paul Wilson (2014)

Travelling around the world may appear as easy as ABC, but looks can be deceptive: there is no 'X' for a start. Not since Xidakistan was struck from the map. Yet post 9/11, with the War on Terror going global, could 'The Valley' be about to regain its place on the political stage? Xidakistan's fate is inextricably linked with that of Graham Ruff, founder of Ruff Guides. Setting sail where Around the World in Eighty Days and Lost Horizon weighed anchor, our not-quite-a-hero suffers all in pursuit of his golden triangle: The Game, The Guidebook, The Girl. With the future of printed Guidebooks increasingly in question, As Evelyn Waugh's Scoop did for Foreign Correspondents the world over, so this novel lifts the lid on Travel Writers for good.

PAPERBACK
ISBN: **978-0-992787325**
RRP: **£14.95**
AVAILABLE ON **KINDLE**

Life over pain and desperation
by Marziya Zakiryanova (2014)

This book was written by someone on the fringe of death. Her life had been split in two: before and after the first day of August 1991 when she, a mother of two small children and full of hopes and plans for the future, became disabled in a single twist of fate. Narrating her tale of self-conquest, the author speaks about how she managed to hold her family together, win the respect and recognition of people around her and above all, protect the fragile concept of 'love' from fortune's cruel turns. By the time the book was submitted to print, Marziya Zakiryanova had passed away. She died after making the last correction to her script. We bid farewell to this remarkable and powerfully creative woman.

HARD BACK
ISBN: **978-0-99278733-2**
RRP: **£14.95**
AVAILABLE ON **KINDLE**

**100 experiences
of Kazakhstan**
by Vitaly Shuptar, Nick Rowan
and Dagmar Schreiber (2014)

The original land of the nomads, landlocked Kazakhstan
and its expansive steppes present an intriguing border between Europe and Asia. Dis-
pel the notion of oil barons
and Borat and be prepared
for a warm welcome into a land
full of contrasts. A visit to this
newly independent country
will transport you to a bygone era to discover a country full of legends and wonders. Whether searching for the descendants of Genghis
Khan - who left his mark on this land seven hundred years ago -
or looking to discover the futuristic architecture of its capital Asta-
na, visitors cannot fail but be impressed by what they experience.
For those seeking adventure, the formidable Altai and Tien Shan
mountains provide challenges for novices and experts alike

ISBN: **978-0-992787356**
RRP: **£19.95**

Dance of Devils , Jinlar Bazmi
by AbdulhamidIsmoil
and Hamid Ismailov
(Uzbek language),
E-book (2012)

'Dance of Devils' is a novel about the life of a great Uzbek writer Abdulla Qadyri (incidentally, 'Dance of Devils' is the name of one of his earliest short stories). In 1937, Qadyri was going to write a novel, which he said was to make his readers to stop reading his iconic novels "Days Bygone" and "Scorpion from the altar," so beautiful it would have been. The novel would've told about a certain maid, who became a wife of three Khans - a kind of Uzbek Helen of Troy. He told everyone: "I will sit down this winter and finish this novel - I have done my preparatory work, it remains only to write. Then people will stop reading my previous books". He began writing this novel, but on the December 31, 1937 he was arrested.

AVAILABLE ON **KINDLE**
ASIN: B009ZBPV2M

Vanished Khans and Empty Steppes by Robert Wight (2014)

The book opens with an outline of the history of Almaty, from its nineteenth-century origins as a remote outpost of the Russian empire, up to its present status as the thriving second city of modern-day Kazakhstan. The story then goes back to the Neolithic and early Bronze Ages, and the sensational discovery of the famous Golden Man of the Scythian empire. The transition has been difficult and tumultuous for millions of people, but Vanished Khans and Empty Steppes illustrates how Kazakhstan has emerged as one of the world's most successful post-communist countries.

HARD BACK
ISBN: **978-0-9930444-0-3**
RRP: **£24.95**

PAPERBACK
ISBSN: **978-1-910886-05-2**
RRP: **£14.50**
AVAILABLE ON **KINDLE**

Man of the Mountains
by Abudlla Isa (2014)
(OCABF 2013 Winner)

Man of the Mountains" is a book about a young Muslim Chechen boy, Zaur who becomes a central figure representing the fight of local indigenous people against both the Russians invading the country and Islamic radicals trying to take a leverage of the situation, using it to push their narrow political agenda on the eve of collapse of the USSR. After 9/11 and the invasion of Iraq and Afghanistan by coalition forces, the subject of the Islamic jihadi movement has become an important subject for the Western readers. But few know about the resistance movement from the local intellectuals and moderates against radical Islamists taking strong hold in the area.

PAPERBACK
ISBN: **978-0-9930444-5-8**
RRP: **£14.95**
AVAILABLE ON **KINDLE**

Silk, Spice, Veils and Vodka
by Felicity Timcke (2014)

Felicity Timcke's missive publication, "Silk, Spices, Veils and Vodka" brings both a refreshing and new approach to life on the expat trail. South African by origin, Timcke has lived in some very exotic places, mostly along the more challenging countries of the Silk Road. Although the book's content, which is entirely composed of letters to the author's friends and family, is directed primarily at this group, it provides "20 years of musings" that will enthral and delight those who have either experienced a similar expatriate existence or who are nervously about to depart for one.

PAPERBACK
ISBN: **978-0992787318**
RRP: **£12.50**
AVAILABLE ON **KINDLE**

Finding the Holy Path
by Shahsanem Murray (2014)

"Murray's first book provides an enticing and novel link between her adopted home town of Edinburgh and her origins form Central Asia. Beginning with an investigation into a mysterious lamp that turns up in an antiques shop in Edinburgh, and is bought on impulse, we are quickly brought to the fertile Ferghana valley in Uzbekistan to witness the birth of Kara-Choro, and the start of an enthralling story that links past and present. Told through a vivid and passionate dialogue, this is a tale of parallel discovery and intrigue. The beautifully translated text, interspersed by regional poetry, cannot fail to impress any reader, especially those new to the region who will be affectionately drawn into its heart in this page-turning cultural thriller."

В поисках святого перевала – удивительный приключенческий роман, основанный на исторических источниках. Произведение Мюррей – это временной мостик между эпохами, который помогает нам переместиться в прошлое и уносит нас далеко в 16 век. Закрученный сюжет предоставляет нам уникальную возможность, познакомиться с историейи культурой Центральной Азии. «Первая книга Мюррей предлагает заманчивый роман, связывающий между её приемным городом Эдинбургом и Центральной Азией, откуда настоящее происхождение автора.

RUS ISBN: **978-0-9930444-8-9**
ENGL ISBN: **978-0992787394**
PAPERBACK
RRP: **£12.50**

Azerbaijan:
Bridge between East and West
by Yury Sigov, 2015

Azerbaijan: Bridge between East and West, Yury Sigov narrates a comprehensive and compelling story about Azerbaijan. He balances the country's rich cultural heritage, wonderful people and vibrant environment with its modern political and economic strategies. Readers will get the chance to thoroughly explore Azerbaijan from many different perspectives and discover a plethora of innovations and idea, including the recipe for Azerbaijan's success as a nation and its strategies for the future. The book also explores the history of relationships between United Kingdom and Azerbaijan.

HARD BACK
ISBN: **978-0-9930444-9-6**
RRP: **£24.50**
AVAILABLE ON **KINDLE**

Kashmir Song
by Sharaf Rashidov
*(translation by Alexey Ulko,
OCABF 2014 Winner).* 2015

This beautiful illustrated novella offers a sensitive reworking of an ancient and enchanting folk story which although rooted in Kashmir is, by nature of its theme, universal in its appeal.

Alternative interpretations of this tale are explored by Alexey Ulko in his introduction, with references to both politics and contemporary literature, and the author's epilogue further reiterates its philosophical dimension.

The Kashmir Song is a timeless tale, which true to the tradition of classical folklore, can be enjoyed on a number of levels by readers of all ages.

COMING SOON!!!
ISBN: 978-0-9930444-2-7
RRP: £29.50

Land of forty tribes
by Farideh Heyat, 2015

Sima Omid, a British-Iranian anthropologist in search of her Turkic roots, takes on a university teaching post in Kyrgyzstan. It is the year following 9/11, when the US is asserting its influence in the region. Disillusioned with her long-standing relationship, Sima is looking for a new man in her life. But the foreign men she meets are mostly involved in relationships with local women half their age, and the Central Asian men she finds highly male chauvinist and aggressive towards women.

PAPERBACK
ISBN: **978-0-9930444-4-1**
RRP: **£14.95**

Terror: events, facts, evidence.
by Eldar Samadov, 2015

This book is based on research carried out since 1988 on territorial claims of Armenia against Azerbaijan, which led to the escalation of the conflict over Nagorno-Karabakh. This escalation included acts of terror by Armanian terrorist and other armed gangs not only in areas where intensive armed confrontations took place but also away from the fighting zones. This book, not for the first time, reflects upon the results of numerous acts of premeditated murder, robbery, armed attack and other crimes through collected material related to criminal cases which have been opened at various stages following such crimes. The book is meant for political scientists, historians, lawyers, diplomats and a broader audience.

PAPERBACK
ISBN: **978-1-910886-00-7**
RRP: **£9.99**
AVAILABLE ON **KINDLE**

THE PLIGHT
OF A POSTMODERN HUNTER
EDITED BY DAVID PARRY

CHINGIZ AITMATOV
MUKHTAR SHAKHANOV

THE PLIGHT OF A POSTMODERN HUNTER
Chlngiz Aitmatov.
Mukhtar Shakhanov
(2015)

"Delusion of civilization" by M. Shakhanov is an epochal poem, rich in prudence and nobility – as is his foremother steppe. It is the voice of the Earth, which raised itself in defense of the human soul. This is a new genre of spiritual ecology. As such, this book is written from the heart of a former tractor driver, who knows all the "scars and wrinkles" of the soil - its thirst for human intimacy. This book is also authored from the perspective of an outstanding intellectual whose love for national traditions has grown as universal as our common great motherland.

I dare say, this book is a spiritual instrument of patriotism for all humankind. Hence, there is something gentle, kind, and sad, about the old swan-song of Mukhtar's brave ancestors. Those who for six months fought to the death to protect Grand Otrar - famous worldwide for its philosophers and rich library, from the hordes of Genghis Khan.

COMING SOON
LANGUAGES ENG
HARDBACK
ISBN: **978-1-910886-11-3**

The Wormwood Wind
Raushan Burkitbayeva- Nukenova
(2015)

A single unstated assertion runs throughout The Wormwood Wind, arguing, amid its lyrical nooks and crannies, we are only fully human when our imaginations are free. Possibly this is the primary glittering insight behind Nukenova's collaboration with hidden Restorative Powers above her pen. No one would doubt, for example, when she hints that the moment schoolchildren read about their surrounding environment they are acting in a healthy and developmental manner. Likewise, when she implies any adult who has the courage to think "outside the box" quickly gains a reputation for adaptability in their private affairs – hardly anyone would doubt her. General affirmations demonstrating this sublime and liberating contribution to Global Text will prove dangerous to unwary readers, while its intoxicating rhythms and rhymes will lead a grateful few to elative revolutions inside their own souls. Thus, I unreservedly recommend this ingenious work to Western readers.

COMING SOON

HARD BACK
ISBN: **978-1-910886-12-0**
RRP: **£14.95**

"The true story of immigration"
-- Paul Wilson is a long time writer on the Silk Road --

CRANES IN SPRING

TOLIBSHOHI DAVLAT

The best work in the literary competition
"Open Central Asia Book Forum and Literature Festival - 2014"

"Cranes in Spring"
by Tolibshohi Davlat
(2015)

This novel highlights a complex issue that millions of Tajiks face when becoming working migrants in Russia due to lack of opportunities at home. Fresh out of school, Saidakbar decides to go to Russia as he hopes to earn money to pay for his university tuition. His parents reluctantly let him go providing he is accompanied by his uncle, Mustakim, an experienced migrant. And so begins this tale of adventure and heartache that reflects the reality of life faced by many Central Asian migrants. Mistreatment, harassment and backstabbing join the Tajik migrants as they try to pull through in a foreign country. Davlat vividly narrates the brutality of the law enforcement officers but also draws attention to kindness and help of several ordinary people in Russia. How will Mustakim and Saidakbar's journey end? Intrigued by the story starting from the first page, one cannot put the book down until it's finished.

COMING SOON
LANGUAGES ENG / RUS
HARDBACK
ISBN: **978-1-910886-06-9**

Lightning Source UK Ltd.
Milton Keynes UK
UKOW06f1617211015

261112UK00001B/7/P